LE CONTRAIRE
DE L'INVERSE

GOUPIL

LE CONTRAIRE DE L'INVƎRƧE

Une histoire **insensée** pour lecteurs **déraisonnables**

> Contraire : ce qui est en opposition avec quelque chose.
> Inverse : le contraire de quelque chose.
> Le contraire de l'inverse est donc l'opposé du contraire,
> soit une normalité qui passe par des chemins tortueux.

ÉDITIONS THE WORLD GOUPIL COMPANY QUI SE LA PÈTE

Retrouvez mon actu sur

Jacky Goupil aime raconter des histoires

Facebook : https://www.facebook.com/Jacky-Goupil-aime-raconter-des-histoires-107143184712934

Instagram : https://www.instagram.com/goupiljacky

Youtube : https://www.youtube.com/@goupilaimeraconterdeshistoires

Site : https://jackygoupil.wixsite.com/jackygoupil

Pour me contacter : goupil.auteur@orange.fr

(J'adore correspondre avec mes lecteurs
et je réponds poliment à tout le monde)

**Les histoires de ce livre existent également
en version théâtre pour être jouées sur scène.
Pour plus d'infos, contactez-moi.**

© 2023 Jacky Goupil - Première édition
ISBN 978-2-9561769-7-8

00
INTRODUCTION

Il est de coutume de prévenir lectrices et lecteurs que *« toute ressemblance avec des faits ou des personnes existantes ou ayant existé serait purement fortuite et ne pourrait qu'être le fruit d'une pure coïncidence »*.

Dans le cas du présent ouvrage, non non, pas du tout, il n'y a pas de fruit.

Tout ce que je narre dans les pages suivantes est authentique d'un bout à l'autre. Particulièrement en ce qui concerne les évènements vécus par les personnages, qui pourraient sembler invraisemblables au commun des lambda, et pourtant, laissez-moi rire, ce n'est que leur routinière existence. Je l'affirme haut et fort : je ne fais que relater ici la stricte réalité, observée avec mes petits yeux perçants comme le chat homophone.

Je tiens à la disposition des sceptiques, incrédules, dubitatifs, voire des misérables qui cumulent les trois adjectifs à la fois, les preuves irréfutables de la véracité de mes récits.

Qu'on se le tienne pour dit et qu'on se tienne par la barbichette !

01

TOUT AUGMENTE

Je suis bien. Je dirige une PME de deux cents salariés (197, précisément, mais j'envisage trois embauches dans les six mois à venir), je mesure 1 m 67 et je suis bien.

1 m 67 avec des talonnettes, peut-être, mais 1 m 67 quand même. De toute façon, qui me voit sans talonnettes, c'est-à-dire en chaussettes ou pieds nus ? Ma femme et mes enfants, c'est tout. Pour le reste du monde, je suis Dupont-Régnier, chef d'entreprise de 1 m 67.

Et ce n'est pas si petit. Je me suis renseigné, parmi tous les big boss du CAC 40, cent soixante-sept centimètres ne fait pas de moi le moins grand. Deux ou trois autres sont en-dessous. Peut-être pas deux ou trois, au moins deux. Ou un.

Ce prétentieux de Lepenny, par exemple, il mesure 1 m 62. Maximum. Un-mè-tre-soi-xan-te-deux ! Comment peut-on être si petit et se prétendre « grand patron » ? « J'ai cinq mille guignols sous mes ordres », qu'il jacasse partout.

Pff ! « Tu emploies peut-être cinq mille personnes, mais tu les diriges du haut de tes 1 m 62 ! » Voilà ce que j'ai envie de lui dire. Et puis « Lepenny », quel nom ridicule ! Moi, je l'appelle « Le Pénis » ou

6

« *Petite bite* ». *Parfaitement. Je ne me gêne pas. Je lui sers du* « *Petite Bite* » *quand je parle de lui avec ma femme. Tu diriges cinq mille personnes, et tu n'es qu'une petite bite, Lepenny !*

Mon épouse dit que je ne devrais pas affirmer des choses dont je ne suis pas certain. Si, si, si, j'en suis sûr, le hasard n'existe pas, il se nomme Lepenny, car il est doté d'un micropénis, c'est évident.

Moi, par exemple, je me nomme Dupont-Régnier parce que je suis né pour régner. Comme le prince. Peu importe que Régnier soit le patronyme de ma femme accolé au mien, le résultat est là. La preuve est là. D'ailleurs, je lui ai dit, en cas de divorce, je garde ton nom. Je ne vais pas m'appeler Dupont et mesurer 1 m 67, j'aurais l'air de quoi, devant mon personnel ?

Lepenny ! Ha ha, tu peux l'étaler ta propriété dans le Lubéron, ton yacht de trente mètres et ta collection de voitures de luxe. Je roule peut-être en Peugeot, mais je n'ai pas une petite bite. Je suis dans la moyenne. J'ai vérifié.

C'est simple, si Lepenny conteste, qu'il le prouve ! Qu'il le montre à l'assemblée, son organe. Au prix où les députés sont payés, ils peuvent mesurer le pénis de monsieur Lepenny et rendre sa taille publique.

Si j'étais un élu, je voterais une loi sur la transparence génitale. La loi Dupont-Régnier. Dans cinquante ans, les nouvelles générations se souviendraient de moi quand elles poseraient leur verge sur le double décimètre officiel. Vingt centimètres, ça suffit, non ? Je ferais éliminer les insolents qui réclament plus long !

D'ailleurs, la taille du sexe serait divulguée sur les affiches électorales. Catégorie infos essentielles à connaitre sur chaque candidat : patrimoine, couleur politique, dimension de la teub. On verrait si le pays est prêt à voter pour des petites bites ! On verrait si le pays peut être dirigé par des racornis de l'organe, des flétris du manche, des ratatinés du poireau !

Dupont-Régnier rigola. « *Ratatinés du poireau ! Elle est bonne celle-là, je la note, elle me servira pour ce fameux club où je me suis inscrit.* »

7

Qui frappe ? Qui ose déranger Dupont-Régnier pendant qu'il mène la France à la baguette ?

— Entrez !

Ah, c'est Jeanine, ma secrétaire. Jeanine ! Je n'aurais jamais dû embaucher une Jeanine, ça ne donne pas une image jeune à mon entreprise. La collaboratrice de « Petite Bite » se prénomme Laetitia. Il n'a pas fait la même erreur que moi, lui.

— Que puis-je pour vous, Jeanine ?

Rien que de prononcer ce prénom, je sens l'herpès germer sur mes lèvres. Je vais lui dire de changer. Qu'elle adopte un blaze qui fasse rêver. En A, c'est bien en A. Zorika, par exemple. Ou Camélia. Johanna. Et si ça ne lui plaît pas, à la porte. Qu'elle ne vienne pas me marcher sur les pieds, la Jeanine. Un million de Sonia ou de Barbara piétinent à Pôle emploi en attente de mon bon vouloir. Je n'ai qu'à lever le petit doigt, elles signent en rampant. Parfaitement, en rampant.

— Alex Thomas qui désire vous voir, monsieur le directeur.

— C'est qui, celui-là ?

— Un de vos employés.

— Il a rendez-vous ?

— Non. Je lui ai dit que ce n'était pas possible, mais il insiste.

Grrr, le personnel. Toujours à pleurnicher. Gna-gna-gna, y'a plus de savon dans les lavabos. Gna-gna-gna, les toilettes sont bouchées. Et alors quoi ? Je n'ai que ça à faire, m'occuper des chiottes ? Ils se figurent que je vais dégorger le tuyau avec mon petit balai ?

Où va-t-on, mais où va-t-on ? Aujourd'hui, ce sont les latrines et demain ? L'aspirateur à la compta ? La vaisselle à la cantine ? N'oubliez pas que je suis le patron. Je mesure 1 m 67, je commande deux cents personnes et je ne passe pas la serpillière.

— Je fais entrer monsieur Thomas ?

Je l'avais zappée, elle !

— Hein ? Quoi ? Ah oui, introduisez l'aspirateur !

— Pardon, monsieur ?

— Allez, allez, qu'est-ce que vous attendez ?

Quelle gourde, je te jure, quelle gourdasse ! Elle fait 1 m 75, mais elle est bête. Un treizième mois, une mutuelle et des tickets restaurant pour une Jeanine trop grande qui ne comprend rien. Qu'on ne me reproche plus de ne pas œuvrer dans le social.

— Bonjour, monsieur le directeur...

Qui c'est, lui ? Il travaille ici ? Aucun souvenir. Ouh la, il mesure au moins deux mètres, lui ! Je reste assis. J'aurais dû demander à Jeanine (berk, Jeanine) de me rappeler son nom. Toujours appeler le personnel nominativement, il se sent reconnu, apprécié, aimé même. Comment elle a dit ? Un truc à la con. Duval ? Durand ? Thomas ? C'est ça, Alex Thomas !

— Qu'est-ce qui vous amène, mon petit Thomas ?

C'est bien, ça, « mon petit Thomas », je marque un point. Et puis ça lui montre que sa taille ne m'impressionne pas.

— C'est pour une augmentation...

— Combien d'heures travaillez-vous ?

— Trente-cinq heures...

— Trente-cinq heures mensuelles ? Comme moi !

— Trente-cinq heures hebdomadaires, monsieur le directeur.

— Ah oui, par semaine, suis-je bête ! Si vous ne veniez que trente-cinq heures par mois, vous ne sauriez pas comment occuper votre temps libre ! Et vous voulez une augmentation ? Travailler plus pour gagner plus, c'est ça ? À la mode Sarko.

Ah ! Sarkozy ! Voilà un vrai président pour la France. 1 m 68 la taille idéale pour diriger un pays. À la hauteur des gens normaux, pas comme ce De Gaulle ou ce Chirac qui donnaient l'impression de chercher des poux dans la tête des Français.

— Je travaille chaque semaine une quinzaine d'heures supplémentaires... bénévolement...

— Elles ne sont pas rémunérées ? Et pourquoi ça ?

— Parce que vous refusez de les rétribuer, monsieur le directeur...

— Ah oui, c'est vrai ! J'ai tellement de responsabilités ici, vous ne vous rendez pas compte, j'en finis par perdre la boule ! Heureusement que vous êtes là, mon petit Thomas ! Bon alors, qu'est-ce qu'on disait ?

9

— Les heures non payées…

— C'est ça, merci, que deviendrais-je sans vous, n'est-ce pas ? Si vous ne me l'aviez pas rappelé, j'aurais été capable de rétribuer les heures supplémentaires ! Ha ha !

Détourner l'attention par l'humour, règle apprise lors d'un séminaire de formation managériale. Idéal pour faire avaler de sacrées pilules, c'est prouvé. Je reste sur ce ton, je suis bien, là, je suis très bien.

— Ça aurait fait comme une augmentation… et justement…

— Justement quoi, mon petit Thomas ? Allez-y, dites-moi ! On est presque des amis, vous et moi, depuis combien de temps travaillez-vous ici ?

— Dix-sept ans, monsieur le directeur !

— Dix-sept ans ?! Ça fait une paye ! Et même dix-sept ans de paye ! Dans trois ans, nous fêterons nos noces de porcelaine ! Ha ha, sacré Thomas ! On est comme un vieux couple ! En tout bien tout honneur, bien sûr !

— Bien sûr…

Qu'est-ce que je raconte comme conneries pour me faire aimer du personnel ! Un vieux couple ! Lui et moi ! Quoi d'autre, encore ? Je milite à la CGT ? Je me mets en grève ? Ça serait marrant, tiens, le patron qui débraye avec le personnel. Je passerais à la télé. J'y réfléchirai, je dois trouver un point commun pour manifester avec eux. Le rôti de porc trop cuit à la cantine, peut-être ? C'est une bonne revendication, ça ?

— Dix-sept ans, on peut tout se dire ! Ça vous gêne de parler d'argent ? Pas moi ! Combien gagnez-vous mon petit Thomas ?

— Quinze mille euros, monsieur le directeur.

— Quinze mille euros ? Permettez-moi de siffler d'admiration.

Quel est le con qui paye quinze mille euros un salarié ? J'éclaircirai le sujet, pour l'instant, ne rien laisser paraître, faire comme si tout était normal.

— Bravo mon petit Thomas ! Moi, pareil, j'encaisse quinze mille euros quotidiennement. Qu'il pleuve ou qu'il fasse beau, dimanches et jours fériés compris, quinze mille euros tombent ! Je suis fier de vous,

vous avez bien réussi, vous gagnez chaque mois la somme que j'empoche chaque jour ! Nous sommes presque égaux !

— Moi c'est quinze mille euros par an, monsieur le directeur…

— Par an ?

— Mille deux cent cinquante euros par mois…

J'aime mieux ça ! Il m'a fait peur ce con.

— Attendez, je calcule, ça fait…

— Quarante euros par jour…

— Quarante euros par jour ? Vous vous moquez de moi, mon petit Thomas ?

— Oh non ! Vous voulez voir mes feuilles de paye ?

— Je vous fais confiance ! Je sais que vous êtes honnête.

Autre règle apprise en séminaire, toujours féliciter le personnel pour son intégrité. Il baisse la garde, il devient facile de piéger ses écarts. Il ne va pas me faire croire qu'il n'embarque pas un stylo ou une gomme de temps en temps. Je devrais inspecter le cartable de ses enfants. D'ailleurs, je devrais fouiller les mômes de tous mes employés.

— Vous savez à quoi je pense, mon petit Thomas ? En février, il n'y a que vingt-huit jours donc vous gagnez… je calcule… presque quarante-cinq euros quotidiennement sans travailler une heure de plus ! Veinard ! Mais vous le méritez. Vous êtes fidèle, bosseur, dévoué, sérieux… Je ne vous connais que des qualités.

— Merci, monsieur le directeur.

— Quarante euros par jour ? Alors vous, vous êtes impayable !

— Impayable… Justement, c'est de ça que je voudrais vous parler…

Ah non, il ne va pas remettre le sujet augmentation sur le tapis !

— Je n'arrive pas à y croire ! Comment vit-on avec quarante euros ? Vous mangez tous les jours ?

— On essaie… les enfants…

— Vous en avez combien ?

— Trois.

Surtout, ne pas demander leur âge, il va me réciter tous les détails, la rougeole du dernier, les problèmes scolaires de la grande...

11

— Avec votre femme, vous vivez à cinq avec quarante euros ?! Ça ne doit pas rigoler tous les jours ?! C'est dingue ! Je vais vous dire mon petit Thomas, si j'annonçais à mon épouse que nous devions nous contenter de quarante euros, vous savez ce qu'elle ferait ?

— Une crise d'hystérie ?

— Une crise cardiaque, oui ! Ha ha ha ! Sacré Thomas, vous me faites bien rire ! C'est du talent d'avoir de l'humour ! Ce n'est pas donné à tout le monde ! Vous avez beaucoup de chance. Vous devriez jouer, veinard comme vous êtes. Faites un saut à Las Vegas, un de ces week-ends, la fortune vous attend !

Est-ce qu'on a réservé l'hôtel pour cet été ? J'ai un doute d'un coup. Je demande à ma femme. Ah non, pas tout de suite, je ne peux pas appeler devant Thomas, il serait capable de vouloir coucher dans le même hôtel que moi. Non merci, je ne vais pas flamber à la roulette avec mon personnel. Mon social a des limites.

— Je n'ai pas les moyens d'aller à Las Vegas, monsieur le directeur.

Ouf !

— C'est dommage, c'est très surfait, mais c'est sympa, on s'y amuse beaucoup. Vous perdez une belle occasion de vous changer les idées…

— J'y réfléchirai…

— Ou alors, à Deauville. En deux heures de route, vous y êtes. Vous avez une voiture ? Tout le monde en a une, aujourd'hui ! Moi j'en possède quatre, vous imaginez le coût ? Sans parler de mon chauffeur… Qu'est-ce que vous avez comme auto ?

— Une Dacia…

Qu'est-ce que c'est que cette bagnole ? Jamais entendu parler. Encore un machin chinois ou je ne sais quoi qui va tomber en panne tous les trois jours. Je t'ai à l'œil, mon pote, si tu arrives trop souvent en retard à cause de ton tas de boue, tu changes de véhicule. Je vais lui dire que c'est bien pour le flatter.

— Eh ben, on ne s'embête pas !

— Je l'ai achetée à crédit…

— Ce n'est pas bien, mon petit Thomas, ce n'est pas bien les dettes. Toujours payer cash, y'a que ça de vrai ! Prévoir de l'argent liquide, au cas où. Combien avez-vous en poche ?

— Je ne sais pas... Quatre, cinq euros...

— Quatre cents euros ? C'est juste.

— Quatre *ou* cinq euros...

— Cinq euros ?

Il se moque de moi. Cinq euros, c'est le prix d'un morceau de sucre au Fouquet's.

— Ha ha ha ! Vous êtes vraiment un rigolo, vous ! Je vous aime bien mon petit Thomas !

— Merci, monsieur le directeur.

— Je vais vous donner un conseil d'ami. Pour ne jamais laisser passer une bonne affaire, toujours avoir quelques billets sur soi ! Avec quatre euros, vous ne pouvez rien acheter. Prenez un cigare...

— Je ne fume pas.

Qu'est-ce qu'il me raconte, lui ? Moi non plus, je ne fume pas. Le cigare, ce n'est pas fumer, c'est se détendre.

— Savez-vous combien coûte un barreau de chaise comme ceux-là ? Quarante euros ! Pièce, pas la boîte ! Vous vous rendez compte ? Une journée de votre salaire ! C'est dingue, non ! Et j'en crame trois par jour. Vous imaginez le budget ?

— Trois fois mon revenu, heureusement, je n'en achète pas.

— Vous réalisez de sacrées économies, vous êtes un malin, vous ! Vous les placez, j'espère ? Un Livret A ? Vous irez loin, mon petit Thomas, c'est moi qui vous le dis !... Oh la la, moi aussi je dois aller loin, je vais être en retard à mon golf ! Vous avez déjà joué au golf ?

— Non, monsieur le directeur...

Pas de golf, pas de cigare, une voiture on ne sait pas de quelle marque, j'ai peut-être la critique facile, comme dit ma femme, n'empêche que ce Thomas est l'exact portrait de quelqu'un qui ne profite pas de la vie. À quoi bon travailler, combien de temps il a dit déjà ? Bref, à quoi ça sert si on ne s'accorde pas des moments de décontraction ?

— Vous devriez, c'est très agréable, très relaxant. Et beaucoup moins surfait qu'on ne le croit ! Je joue avec le Baron Aldebert de la Motte-Tassée, le patron du groupe Plastiflox, vous connaissez ? Un monsieur charmant...

Plus petit que moi, ce qui ne gâche rien.

— Mon beau-frère travaille chez Plastiflox.

— Décidément, nous partageons beaucoup de points communs ! Le moment idéal, pour le golf, c'est avant le déjeuner. Une partie en apéritif, je vous garantis, vous dévorerez comme quatre !

— Je n'ai pas les moyens de manger comme quatre, et le matin, je suis à l'usine, monsieur le directeur...

— Quelle drôle d'idée ! C'est votre vie, après tout, je n'ai pas à me mêler de vos affaires. C'est dommage, on aurait pu faire un green ensemble ! Si un jour vous êtes libre, je compte sur vous ! J'y vais vers onze heures, on ne pourra pas se manquer ! D'ailleurs, je ne vais pas traîner...

Avec ses conneries, je suis bon pour les bouchons sur l'A13. C'est hallucinant que le personnel ne réfléchisse pas à la productivité. Si je lui disais combien d'argent je perds avec ce rendez-vous imprévu, il ne me croirait pas. Allez, je le raccompagne en douceur. Une main amicale dans le dos, une légère poussée sur l'épaule, direction la sortie.

— Vous m'avez bien fait rigoler, mon petit Thomas !

— Et pour mon augmentation ?

— Je vais vous donner un truc, ça reste entre nous : un chercheur allemand a démontré que le chant des oiseaux, vous voyez le chant des oiseaux ? Cui-cui-cui. Eh bien, le cui-cui-cui rend plus heureux qu'une hausse de salaire. Plus heureux ! Ce n'est pas moi qui le dis, c'est la science. Ce week-end, vous partez à la campagne, vous serez plus comblé que si je vous augmentais.

Je l'ai entendu sur France Info, je ne sais pas si c'est vrai, mais ça fonctionne, personne jusqu'à présent n'a prouvé le contraire.

— Compris mon petit Thomas ?

— Compris, monsieur le directeur.

14

— Allons, allons, plus de ça entre nous ! À partir de maintenant, vous m'appelez par mon nom. Terminé, « monsieur le directeur ».

— Je vous appelle Bertrand ?

— N'abusez pas ! Dites Monsieur Dupont-Régnier... C'est tout de même plus sympa, n'est-ce pas ?

Bertrand ? Et puis quoi encore ? Si je ne serre pas la vis, dans un mois je deviens son Bébert et avant la fin de l'année il me raconte des blagues salaces en se grattant l'entrejambe. Charmant, le père Thomas, mais vite envahissant.

— Et l'augmentation ?

— Vous êtes un acharné, vous ? C'est bien, j'aime ça ! Les petits zoziaux, je vous ai dit, n'oubliez pas, cui-cui-cui. J'ai passé un excellent moment avec vous. Vous m'avez bien fait rire ! N'est-ce pas l'un des meilleurs plaisirs de la vie ?

— Manger, c'est bien aussi

— Gratuit en plus ! Vous pouvez vous en payer autant que vous voulez ! Plus que moi, en tout cas ! Veinard ! Je subis une telle pression, vous savez, ça ne rigole pas. C'est du souci de gérer une fortune comme la mienne, vous n'imaginez même pas...

— C'est sûr...

Ce n'est sûr de rien du tout, imbécile ! Comment quelqu'un qui gagne quarante balles par jour pourrait-il se mettre à la place de quelqu'un qui encaisse quarante euros par minute ? Impossible. Impos-si-ble.

— Je suis fier que mon entreprise prospère dans l'humour, la bonne humeur, la gaieté ! N'hésitez pas à revenir me voir, je suis toujours prêt pour la rigolade !

Un clin d'œil complice, ça ne coûte pas cher...

— Hé Thomas ? Vous permettez que je vous appelle Thomas, mon petit Thomas ?

— C'est toujours ainsi que vous dites, monsieur le directeur...

— Ttt ttt ttt !

— Euh, pardon... C'est toujours ainsi que vous dites, monsieur Dupont-Régnier.

— Voilà. Hé, quarante euros ! Ça fait longtemps que je ne m'étais pas marré comme aujourd'hui. Sans vous, je ne sais pas comment je tiendrais le coup, merci, mon petit Thomas…

— De rien...

— Allez, au revoir !

Eh ben, coriace, celui-là ! « *Et mon augmentation, et mon augmentation ?* » *Il n'avait que ces mots à la bouche. Quarante euros par jour ! Je vais raconter ça à ma femme. Où est mon téléphone ? Il est là...*

— Allô, chérie ? Je vais t'en raconter une bien bonne…

— Vous prendrez un apéritif, monsieur Dupont-Régnier ?

Imbécile ! Depuis dix ans, je viens déjeuner ici après mon golf, depuis dix ans je bois un apéro, et il me pose la question.

— Bien sûr que je prends un apéritif ! Vous allez également me demander ce que je désire ?

— Veuillez m'excuser, monsieur Dupont-Régnier, c'était au cas où vous changeriez vos habitudes.

Les habitudes, ça ne se change pas. Il me l'a dit, le toubib, ménagez votre cœur, aucune contrariété. Il m'a aussi recommandé d'arrêter l'alcool, mais je m'en fous. Increvable, Dupont-Régnier. 1 m 67, mais increvable.

— Je vous fais servir un double whisky, sans glace. Vous avez choisi votre plat ?

Un peu, mon neveu ! Il m'a crevé, ce dix-huit trous, j'ai besoin de vitamines.

— Une entrecôte et beaucoup de frites.

— Saignante ?

— Les frites, non, l'entrecôte, oui.

— Excellent, monsieur Dupont-Régnier, très drôle.

Ma femme va encore gueuler si je lui dis que j'ai mangé de la viande rouge. Je dirai que j'ai bouffé du poiscaille. Une sole grillée à la crème de citron, ça lui fera plaisir.

Je devrais faire une conférence pour défendre la consommation de barbaque. Je grimperais sur une estrade, je poserais mes deux mains sur le pupitre, je prendrais un air inspiré et je dirais :

Je ne voudrais pas semer la discorde entre les pour et les contre, entre les droites et les gauches, entre les uns et les autres, mais s'est-on déjà posé la question : et si la vache aimait être mangée ?

Végétariennes et végétariens refusent de se nourrir de viande. Soit. Mais quelqu'un s'est-il interrogé sur les désirs du bovin ? L'a-t-on sondé ? A-t-on regardé un ruminant, les yeux dans les yeux, pour lui demander son avis ?

Qui nous dit que la Limousine ou la Charolaise n'apprécie pas qu'on lui tétanise le cerveau à coup de vingt mille volts ?

Qui peut affirmer qu'elle n'éprouve pas une quelconque jouissance à être découpée en bavette ou en entrecôte, voire être hachée menu pour finir entourée de salade, tomate et cheddar, douillettement lovée entre deux tranches de pain ?

Qui nous certifie qu'elle n'a pas une once d'orgueil de se pavaner dans une assiette entre des frites ou des haricots, la chair persillée, luisante sous une noix de beurre ?

Qui oserait jurer qu'une vache ne connait pas l'extase d'être mâchouillée dans la bouche pulpeuse d'une blonde peroxydée ou d'un brun bodybuildé ? Et peut-être même par la cavité buccale d'une concierge octogénaire et moustachue ou celle tapissée de pastis d'un ivrogne ?

Rien ne prouve que certaines ne sont pas fières de parader à la table de Jean Dujardin ou à celle de Virginie Efira ? Ne serait-ce pas le comble de la réussite au pays des mammifères herbivores ?

Que penser de la génisse qui partage les repas des Grands de ce monde ? (Les gens importants, pas les prétentieux qui mesurent deux mètres.) N'est-elle pas un modèle, un exemple à suivre, une icône au royaume des bovins ? Nageant dans la salive des conversations de Macron ou Mélenchon, de Le Pen ou d'Amin Dada. Ah non, pas Amin Dada, il préférait la viande humaine.

Qui peut garantir que certaines vaches ne deviennent pas folles à l'idée de mourir de vieillesse sans être dégustées saignantes ou à point ?

Et enfin, n'oublions pas les nombreuses peaux de bovins triomphantes d'achever leurs vies en revêtement de canapé pour y accueillir les plus agréables séants.

C'est pourquoi, madame, monsieur, avant de refuser de dévorer ces braves bêtes, je tiens à ce que nous leur demandions leur avis :

— Madame la vache, pouvez-vous nous dire, en toute honnêteté, sans hésitation, sans contrainte et du fond de votre cœur, appréciez-vous être mangée ?

Si la vache miaule ou caquète, le consentement ne fait aucun doute, la réponse est claire et nette. Merci beaucoup.

Je salue et le sujet est clos !

C'était bon. Très bon, mais trop bon. Dupont-Régnier se sentait gonflé. Il avait dévoré son entrecôte, englouti ses frites et n'avait pu résister aux profiteroles. Son péché mignon. Avec beaucoup de sauce au chocolat chaude servie dans une saucière dont il couvrait les choux au fur et à mesure de sa dégustation. Que c'était bon ! Très bon, mais trop bon.

Une petite marche digestive lui fera du bien. Une réunion l'attendait au bureau, il ne s'agissait pas qu'il s'endormît en écoutant les fadaises de ses collaborateurs. Il s'en fichait qu'on lui racontât que telle filiale avait un problème, que tel produit se vendît plus qu'un autre. La seule info qui l'intéressait, c'était l'augmentation du bénéfice. Si la réunion pouvait se limiter à cela ! Cinq, dix, vingt pour cent, peu importe (peu importe, mais vingt c'est mieux que cinq). Un chiffre, un simple chiffre et ensuite il rejoindrait son bureau dans l'espoir que les frites et les profiteroles se fassent oublier.

Il avançait tranquillement (ne pas trop secouer son estomac était sa priorité) quand il vit une jeune femme au bout de la rue. Elle semblait attendre. Qui ? Lui ? Non ! Pourquoi le guetterait-elle, il ne la connaissait pas. Qui pouvait-elle être ?...

02
C'EST POURQUOI COMMENT OÙ ?

20 % des Américaines craignent que des aliens les kidnappent.

63 % des hommes grossissent après un divorce.

22 % des gens se réveillent avec la gueule de bois le dimanche matin.

Audrey avait rempli quatre énormes classeurs avec des résultats d'enquêtes accumulés depuis qu'elle travaillait à l'IFAP (Institut Français d'Analyse des Personnes). Chaque jour, elle partait pour une nouvelle mission, tel un peintre impressionniste, elle dressait par petites touches un portrait de la France et de ses habitants.

Les sondages gouvernaient 100 % de sa vie.

On pouvait lui poser n'importe quelle question, même la plus biscornue, Audrey détenait la réponse dans les fiches techniques qu'elle compilait méticuleusement. Dans quelle tranche d'âge mange-t-on le plus de bananes Cavendish ? Combien de femmes portent des lunettes pour lire un magazine dans l'autobus ? Les hommes préfèrent-ils les suppositoires ou les thermomètres ? Audrey était capable de tout commenter, elle avait sondé sur tous les sujets.

Depuis sept ans, Audrey se déplaçait sur le terrain à la recherche de cobayes qui accepteraient de lui accorder quelques minutes de leur temps.

Elle ouvrit le mail que lui avait envoyé l'institut pour prendre connaissance de sa mission du jour. Elle lut, apprécia d'une mimique satisfaite. Aucun souci, elle était rodée à tout, elle pouvait se lancer dans cette nouvelle aventure sans crainte de l'échec.

Elle imprima quelques feuillets (37 % des gens prennent des notes pour ne pas oublier), prit un Bic (56 % préfèrent le stylo au crayon), mit ses chaussures (23 % mettent leurs chaussures avant leur manteau) et enfila un blouson (32 % portent des vêtements à capuche). Elle était parée.

Dernier détail : pour harponner un passant pressé de rentrer, le sourire est indispensable. 100 % des bons sondeurs le savent. Audrey est une des meilleures du métier.

Avanti ! pensa-t-elle, car elle avait une passion pour l'Italie comme 17 % de ses compatriotes.

Dupont-Régnier avançait d'un pas pesant vers Audrey. D'ordinaire, les mecs en costard-cravate n'étaient pas ses proies préférées. Trop pressés, trop débordés, trop pas de temps à perdre. Mais nous étions le troisième mardi du mois et Audrey aimait se donner des challenges : outre qu'elle s'obligeait à manger un plat qu'elle détestait (ce soir : choux de Bruxelles), elle attaquait sa journée en interrogeant un *ininterrogeable* (elle avait inventé ce mot un soir de maigres résultats d'enquête).

Sourire avenant, pas décidé, approche chaleureuse, elle alla à la rencontre de l'homme d'affaires.

— Bonjour, monsieur, excusez-moi de vous déranger, auriez-vous quelques instants à me consacrer, c'est pour un sondage… Ça sera rapide.

Elle avait pris l'accent toulousain, sans savoir pourquoi. Son subconscient voulait probablement tester sa capacité à entrer dans la peau d'un personnage et à le tenir sur la durée.

OK, pas de souci, je viens de la Ville Rose et j'interroge, se dit-elle.

— Ce qui serait vraiment rapide, c'est que j'ignore vos questions, répondit Dupont-Régnier, désolé, je n'ai pas le temps…

Bingo. Elle aurait dû compléter sa demande par *« je sais ce que vous allez me dire : vous êtes pressé »*. Sous le coup de la surprise, ça peut fonctionner. Elle tenta autre chose.

— Moi non plus, ça tombe bien.

Elle lui serra la main le plus chaleureusement possible et continua :

— Merci beaucoup. Juste quelques questions…

— C'est pour quel produit ?

75 % des personnes interrogées souhaitent connaître le thème d'une enquête. Règle numéro un : ne pas laisser le sondé mener le déroulement des opérations. C'est au sondeur de conduire la discussion.

— Tout d'abord, quel âge avez-vous ?

— Cinquante-deux ans. Vous ne m'avez pas répondu, c'est pour quel produit ?

50 % des 75 % (soit 37,5 %) posent la question une seconde fois. Ne pas se laisser déconcentrer.

— Je vais indiquer soixante-quatre ans. L'institut exige que nous interrogions en priorité les personnes plus âgées.

— Vous trouvez que j'ai une allure de soixante-quatre ans plutôt que de cinquante-deux ?

En règle générale, un sondeur flatte pour inciter à répondre. Elle dispose ainsi d'une panoplie de compliments qu'elle utilise selon les circonstances. Pour le public masculin : *« J'adore votre voix »*, *« Ne me regardez pas quand j'écris, vous me troublez »*. Pour les femmes : *« Géniales vos chaussures, vous les avez achetées où ? »*, *« On vous a déjà dit que vous ressembliez à… »*. Pour les deux : *« Vous ne faites pas votre âge »* marche à tous les coups.

Entraînée par on ne sait quelle pulsion, Audrey ne respecta pas cette stratégie. Elle répondit :

— Je ne vais pas vous mentir, vous faites plus vieux que plus jeune…

21

— Pouvez-vous développer ce que vous entendez par « Plus vieux que plus jeune » ?

Elle risquait d'être dépassée par la règle numéro un, elle continua malgré tout. 62 % des enquêteurs qui changent leur manière d'interroger n'obtiennent pas des résultats satisfaisants.

— Quand on vous regarde, on ne se dit pas « Oooh, quel beau jeune homme ! ».

— Vous m'ôtez toutes mes illusions…

— C'est pourquoi je vous ajoute douze ans. Si je suis contrôlée (parfois, les chefs nous filment), ils estimeront que vous avez soixante-quatre balais bien tassés !

— Je n'avais pas l'intention de me foutre en l'air aujourd'hui, grâce à vous, je vais y songer…

J'espère qu'il blague, se dit-elle, *je n'aimerais pas avoir son décès sur la conscience*. Puis, après deux secondes : *« S'il se suicide, qu'il attende d'avoir répondu ! »*

À ce propos, elle ne connaissait pas le pourcentage de personnes qui se donnaient la mort après avoir réagi à ses questions. Voilà une bonne idée de sondage à soumettre à l'IFAP.

— Le slogan de l'Institut est « La vérité, toute la vérité, rien que la vérité ! ». C'est eux qui l'ont inventé.

— Vous êtes sûre ?

— Avec une telle profession de foi, ce serait malhonnête de ma part de ne pas être sincère.

— Vous traitez de la même façon toutes les personnes qui ont l'extrême gentillesse, j'insiste, l'extrême gentillesse, de perdre leur temps à répondre à votre interrogatoire à la noix ?

Aïe, surtout ne pas m'énerver, c'est la règle numéro deux. 21 % des sondés sont fragiles, ne pas leur donner la possibilité d'avoir des reproches à effectuer, pour éviter qu'ils fassent demi-tour avant la fin.

— Comment pouvez-vous affirmer que mes questions sont idiotes, je ne vous ai pas encore testé ! dit-elle de sa voix la plus douce.

— Vous avez demandé mon âge !

— C'est stupide ?

— Si vous me vieillissez de douze ans, ça l'est ! Puisque c'est comme ça…

Ouh la, ouh la, maintenant que j'ai accroché le poisson, je ne dois pas le laisser filer.

Elle le rattrapa illico par la manche, mais avec douceur. 47 % des personnes n'apprécient pas le contact tactile.

— Ne partez pas, s'il vous plaît !

Quelques années de cours de théâtre amateur l'avaient rendue excellente dans la pratique de l'intonation suppliante.

— J'ai besoin de ce travail. Je suis désolée, je ne voulais pas vous vexer… ce n'est pas de votre faute si vous faites vieux ! Oups, pardon, je vous prie de m'excuser, je dérape. On oublie ?

Elle lui tendit la main pour qu'il checke. Après quelques secondes d'hésitation, il succomba à son regard implorant et checka.

— Merci, dit Audrey, maintenant, on entre dans le vif du sujet !

— À propos de sujet, vous ne m'avez toujours pas dit celui de votre sondage ? Un produit ? Un service ? Les deux ?

Faisant mine de ne pas avoir entendu, elle continua de remplir son questionnaire.

— Taille ? À vue de nez, 1 m 70, j'ai bon ?

Dupont-Régnier marqua un petit mouvement de satisfaction, 1 m 70, ce n'était pas pour lui déplaire. Audrey remarqua son air enchanté. Toujours grandir le sondé masculin, avait-elle appris en formation, l'homme aime paraître plus imposant que ce qu'il est. *« Même quelqu'un de deux mètres ? »* avait-elle questionné. *« Même ! »*, avait répondu l'instructeur.

— Pourquoi avez-vous besoin de savoir combien je mesure ?

— Nouvelles directives. Vous validez 1 m 70 ?

— Bien sûr que je valide ! Vous voulez également mon numéro de sécu et mon groupe sanguin ?

— Je vérifie, dit-elle en survolant le formulaire. Non, je ne note pas de ce type d'infos. Par contre, je souhaiterais votre numéro de carte bancaire et le code secret.

Il faillit s'étrangler.

— J'ai dû mal entendre. Pouvez-vous répéter ?

— Votre numéro de carte bancaire et le code.

— J'avais bien entendu ! C'est une blague ?

— Oui !

— Oui, comme « Oui, c'est une blague » ?

Elle se tortilla sur elle-même, enchantée de l'avoir piégé. Il aurait pu se fâcher et disparaître pour de bon, mais non. 82 % des hommes succombent à son sourire malicieux.

— Bien sûr que c'est une plaisanterie ! C'est ma marque de fabrique : des questions et des gags, pour que les personnes se sentent à l'aise. Vous êtes détendu ?

— Je commence à me dire que je n'aurais jamais dû accepter de vous répondre…

— Donc vous êtes cool. Quand on n'est pas dans ses charentaises, on n'ose pas le dire. Si vous le reconnaissez, c'est que vous êtes bien.

— Je suis bien parce que je vous dis que je ne suis pas bien ?

— Tout à fait. Vous êtes un rapide de la comprenette, vous ! Bon, on commence… alors… ça débute par… je vais trouver… je fais vite, je fais vite !… Ah, c'est ça !... Première question : « Les préférez-vous cuites ou crues ? ».

Le temps stoppa. Une brève accalmie envahit l'atmosphère, comme si un nuage gigantesque recouvrait d'un seul coup la ville, comme si tous les véhicules étaient devenus insonores, comme si le monde se divisait en deux parties : elle et lui d'une part, et de l'autre, le reste de la planète.

— Quoi ?

— Vous ne pouvez pas me demander « Quoi ? ».

— Qui ?

— Non plus.

Alors que ça semblait impossible dix secondes plus tôt, un silence encore plus pesant enveloppa la tranquillité précédente, comme une bulle d'isolation. Dupont-Régnier n'aurait pas été plus estomaqué si elle lui avait annoncé qu'elle était la fille illégitime de Mélenchon et Lady Gaga.

— Votre question est « *Les préférez-vous cuites ou crues ?* », on est bien d'accord ? demanda-t-il.

Elle acquiesça avec son habituel large sourire (qui fait fondre 82 % des hommes, ne l'oublions pas).

— Elle valide, c'est un bon début. En conséquence de quoi, je veux savoir « quoi ? » ou « qui ? ».

— Quoi ou qui, quoi ?

— Quoi ou qui je préfère cuite ou crue ? J'aimerais mieux que ce soit « quoi », parce que « qui » cuite ou crue ça craint... De plus, c'est hyper dur à dire !

— Dur à comprendre également. Qu'est-ce que je coche ? Cuite ou crue ?

— Mettez « cruite », ça mélange un peu de cru, un peu de cuite...

Il la regarda écrire. 78 % des sondés vérifient que l'enquêteur note correctement leurs réponses.

— Il faut un « t » à « cruite »... non, pas au début ! Tcruie ! Comment vous prononcez ça, vous, t-c-r-u-i-e ?

— Tcruie ! Tcruie ! Tcruie !

— Taisez-vous, les passants vont s'imaginer que je vous égorge !

Dupont-Régnier se mit à rire, ce qui ne lui arrivait pas souvent. 19 % des sondés rigolent à un moment ou un autre. C'est peu, 19 %. Il ne voyait pas du tout où cette étude voulait en venir, mais il trouvait la situation amusante et la jeune femme jolie et sympathique, ce qui n'était pas pour gâcher l'instant.

— Question suivante...

— Je vous rappelle que je ne sais toujours pas sur quoi vous m'interrogez, l'enquête risque d'être faussée...

— « Mangeriez-vous votre voisin en cas de pénurie de viande ? ».

— Pardon ?!

— Vous pouvez répondre par oui ou par non.

Son bonheur n'aura été que passager, il replongeait maintenant dans un état d'agacement.

— C'est pour qui ces questions ? La Chambre syndicale du Cannibalisme ?

— On ne nous donne jamais le nom du client.

— Vous recueillez la réaction du public à propos d'un produit sans le connaître ? Je suis enlisé dans un monde parallèle...

25

— Je termine la requête : « Et si oui, le mangeriez-vous cuit ou cru ? ».

— Qui ?

— Je crois que c'est la pénurie ? Non, non… Le voisin ? C'est ça, comment voulez-vous bouffer votre voisin ?

Dommage que Dupont-Régnier ne fut pas assis, il aurait bondi de trente centimètres au-dessus de sa chaise. Puisqu'il était debout, il se contenta d'écarquiller ses yeux aussi largement que possible.

Encore une donnée que je ne possède pas, le nombre de personnes stupéfiées par une question. Décidément, aujourd'hui, elle en découvrait des nouveautés.

— Vous voyez que c'est utile de connaître le produit pour lequel on travaille, dit Dupont-Régnier avec son habituelle intonation de celui qui sait tout.

— Merci. Grâce à vous, je me coucherai moins bête. On continue ?

— Désolé, mais maintenant je dois y aller…

— Oh non ! implora-t-elle.

— Oh si ! répondit-il.

— Pour une fois que j'interrogeais quelqu'un de soixante-quatre ans !

Il s'affaissa sous le poids de l'abattement.

— Je n'ai pas soixante-quatre ans ! Bref, j'ai été ravi de vous connaître, merci encore et bon courage !

Il esquissa quelques pas pour s'éloigner puis fit demi-tour et revint vers elle.

— Entre nous… le produit… hein ?... Dites-moi…

Elle tourna la tête de trois quarts, baissa légèrement son visage et le regarda en levant les yeux. Elle considérait que cette attitude lui donnait l'air espiègle d'Audrey Tautou (dont elle partageait le prénom, ce qui n'était pas pour lui déplaire, bien qu'elle eût préféré Amélie) sur l'affiche du *Fabuleux destin d'Amélie Poulain,* un film qu'elle adorait, comme 78 % des spectateurs.

— Le produit, c'est vous. J'effectue un sondage pour déterminer pendant combien de temps une personne lambda répond sans savoir de quoi elle parle. Vous avez tenu douze minutes et vingt et une secondes. Je suis sûre que vous atteignez la moyenne haute, certains ne résisteront pas plus que quelques secondes, bravo ! Bonne journée et merci.

La demoiselle virevolta vers une autre victime. Pour l'instant, le résultat était sans appel. 100 % des sondés inutilement n'en revenaient pas de s'être fait avoir. Dupont-Régnier validait cette statistique.

Audrey était satisfaite de sa journée. Sur les dix-huit personnes qu'elle avait convaincues de répondre à son questionnaire, seules deux avaient craqué en moins d'une minute et quatre au bout de deux. Soit un résultat positif de 66 %.

Sur les douze qui avaient tenu le coup suffisamment longtemps, sept femmes et cinq hommes, un tiers avait éclaté de rire en apprenant qu'ils avaient été les pigeons d'un sondage inutile, un tiers était parti en haussant les épaules et un tiers l'avait insultée.

Elle regrettait de n'avoir pas répertorié les différents jurons qu'elle avait reçus, ils auraient pu servir pour la réunion à laquelle elle s'était inscrite samedi prochain.

Elle passa chez Alfred, son copain épicier. En lui rendant la monnaie, il lui adressa un petit clin d'œil complice et lui dit :

— Tu n'as toujours pas de mec, toi !

— Qu'est-ce que tu en sais ?

— Un avocat, un pamplemousse, une demi-baguette, ça ne ressemble pas tellement à un tête-à-tête amoureux.

— Détrompe-toi, j'ai un chéri, mais il a un appétit d'oiseau, il soigne sa ligne, contrairement à toi.

Un mensonge dit avec un si large sourire qu'il confirma l'opinion d'Alfred. Il connaissait son histoire, Audrey lui avait raconté ses deux mariages…

03

UN MARI PARFAIT

Audrey avait été séduite par Grégoire à la Foire du Trône. Il vendait des barbes à papa, elle en était gourmande. Il l'avait fait rire avec une histoire abracadabrante de barbichette du père Noël dont il était le coiffeur officiel. Il parlait beaucoup, vite et fort. C'est parce qu'elle n'avait pas réussi à placer trois mots au milieu de son verbiage qu'elle a répondu « oui » quand il lui a demandé de l'épouser. Elle était jeune, insouciante, et croyait que tous les hommes étaient comme Grégoire. En fait, c'est Grégoire qui n'était pas comme tous les hommes.

Une fois mariés, sa logorrhée ne s'est pas interrompue. Il continuait de jacasser sans arrêt et, surtout, de ne jamais écouter sa femme. Seules ses propres paroles avaient de la valeur à ses oreilles. Il était d'ailleurs un excellent commercial, puisque tous ses clients signaient en bas du bon de commande pour s'en débarrasser.

Sa réussite professionnelle le rendit encore plus exaspérant. Il étalait à la moindre occasion ses succès et son compte en banque et se délectait d'exposer le fiasco de ses contemporains avec une fascination sadique.

Sa femme n'était pas épargnée et fut, elle aussi, incorporée dans son cheptel de victimes. Il racontait ses échecs sur un ton compréhensif («*Audrey n'a pas de chance...*»), qu'il assaisonnait insidieusement d'une vacherie («*... elle rate tout ce qu'elle entreprend*»).

Lassée de cette humiliation constante, Audrey lui annonça un matin :

— Tu vois, je ne foire pas tout : je te quitte et j'ai demandé le divorce.

Elle partit avec sa valise, le laissant cajoler ses bons de commande, son fric et son mépris, pour plonger dans les bras de David.

L'exact opposé de Grégoire.

David n'affichait pas ses performances, ne parlait pas de ses exploits pour la simple raison qu'il ne réalisait aucune prouesse. David était David, tout timidement, tout discrètement. Cette retenue l'avait séduite. Elle appréciait se blottir contre son torse pour lui exposer ses modestes combats de vie qu'il dynamisait de phrases motivantes. *« Tu y arriveras, tu es brillante, je t'admire ».*

Elle se sentait invincible près de lui. Elle pouvait gravir des montagnes. Gagner des batailles. Dominer l'impossible. Encouragée par cette force nouvelle qui l'animait, elle le demanda en mariage, il était bien trop timoré pour le faire lui-même.

Il accepta. Comme pour rendre service à Audrey. Ce qui aurait dû lui mettre la puce à l'oreille. Une fois l'alliance passée à son annulaire, son conjoint se soumit un peu plus encore. Bagué tel un pigeon, enchaîné, dompté, domestiqué, le bonhomme n'était plus capable d'accomplir la moindre action par lui-même, il avait besoin qu'elle l'incite, qu'elle le stimule.

— Je suis un bon à rien, disait-il, je n'ai pas ton talent, tu es si extraordinaire.

Un jour, elle lui répondit cette célèbre réplique de Marcel Pagnol dans le film *Le Schpountz* : *« Tu n'es pas bon à rien, tu es mauvais à tout ».* Elle espérait que ça le fasse rire. C'eut l'effet inverse.

Plus il l'admirait, moins il avançait, plus elle le détestait. Il ne fallut que peu d'années pour qu'elle demande le divorce. Qu'il

29

accepta en pleurnichant qu'il était l'archétype du vide existentiel, qu'il moisirait comme un déchet dans la misère de sa piètre vie ! Elle ne le contredit pas et lui donna l'adresse de son ex-mari. Si l'un et l'autre consentaient à devenir homos, ils vivraient une magnifique idylle.

Échaudée par ces deux expériences malheureuses, elle ne s'empressa pas de rencontrer un troisième « homme pour toujours ». Quel que soit le garçon qu'elle côtoyait, elle le trouvait trop « Grégoire » ou trop « David », pour ne pas dire « dur » ou « mou ».

La solution vint de Jeanine, une copine. Elle travaillait chez Dupont-Régnier, une entreprise dirigée par un petit bonhomme (qui porte des talonnettes paraît-il) assez désagréable. Un joyeux jour de sandwich partagé, elle lui conseilla :

— Pourquoi ne loues-tu pas un conjoint ? Certaines de mes collègues ont fait appel à l'agence *Mon joli mari* pour trouver l'homme parfait, elles sont pleinement satisfaites.

À la vue des points d'interrogation qui remplaçaient les pupilles d'Audrey, Jeanine s'empressa de préciser :

— Au lieu de perdre un temps fou à peser le pour et le contre de chaque individu que tu rencontres, tu établis un inventaire des qualités indispensables et des défauts rédhibitoires. Tu vas avec ta petite liste chez *Mon joli mari* et le tour est joué.

Pourquoi n'y avait-elle pas songé plus tôt ?

— Que ferais-je sans toi ? dit-elle à Jeanine.

— Tu resterais seule comme une vieille chaussette abandonnée, répondit sa copine. L'odeur en moins.

— Merci.

Audrey s'arrêta devant l'entrée de la boutique à la façade rose et bleu, dont la grande vitrine en verre dépoli camouflait l'intérieur. Elle hésita quelques secondes. Son destin allait-il basculer une fois qu'elle aurait mis un pied dans l'antre de la conjugalité ? Quel était le pourcentage de réussite de cette nouvelle aventure dans laquelle elle se lançait ?

Elle prit une profonde respiration et ouvrit la porte. Le tintement d'une cloche lui donna l'impression d'avoir remonté le temps, de s'introduire dans une de ces antiques échoppes où l'on trouvait mille trésors enfouis sous une épaisse couche de poussière.

— Bonjour, madame. Qu'y a-t-il pour votre service ? chantonna une voix d'une politesse obséquieuse.

Elle aperçut alors un homme assez grand, chauve, au visage avenant, vêtu d'une longue blouse blanche, qui la fixait les mains jointes derrière un vieux comptoir de chêne. Sur sa poitrine, un badge indiquait qu'il se prénommait Massimo. Elle ne pouvait mieux tomber puisqu'elle adorait l'Italie.

— Je... je voudrais un mari, s'il vous plaît.

— Vous êtes à la bonne adresse. Êtes-vous à la recherche d'un modèle particulier ?

Audrey parcourut rapidement les murs de la boutique. Elle s'attendait à y trouver d'innombrables photos de prétendants tous plus alléchants (à lécher ? Patience !) les uns que les autres. Non, personne. Aucune image qu'elle ne puisse désigner pour dire « celui-ci me plaît beaucoup ».

— Je ne suis pas encore fixée. Pas trop grand, de préférence... Mais pas trop petit non plus. Environ comme ça.

« Comme ça », c'était une dizaine de centimètres de plus qu'elle-même. David mesurait la même taille, elle n'aimait pas. Lui, aurait préféré être inférieur à son épouse.

— Très bien, très bien, mais tout d'abord, afin de vous proposer le mari le plus adapté à vos besoins, je vais vous poser quelques questions pour orienter la recherche...

— Faites, faites... dit-elle avec une légère appréhension.

— Dans un premier temps, dites-moi si vous désirez une location pour courte ou longue durée.

Vaste sujet, se dit-elle.

En fait, elle ne savait pas elle-même quel était son but. Avait-elle envie de repartir pour plusieurs années d'union avec un homme ? Elle répondit :

— J'envisage le long terme, mais je souhaiterais procéder à une période d'essai, si c'est possible.

— Bien entendu, madame, la garantie « satisfaite ou remboursée » couvre tous nos modèles de maris pendant huit jours.

— Et huit nuits ?

Elle n'avait pas fait l'amour depuis belle lurette, avouons-le, le manque commençait à se faire sentir. Le petit canard vibrant n'était pas suffisant, un homme qui apaiserait ses sens, ce serait formidable.

— Cela va de soi. Vous pouvez également choisir notre formule « Hésitation » afin de tester le mari sur quatre semaines. Et si vous souscrivez l'option « Hésitation+++ », la période d'essai s'étend sur douze mois.

Il avait prononcé « plus-plus-plus » avec des étoiles dans les yeux, comme s'il lui proposait Brad Pitt ou Pierre Niney en durée illimitée.

— C'est très intéressant.

— Je ne vous le fais pas dire. Vous ne trouverez rien d'équivalent chez nos concurrents. Est-ce que vous voulez un homme bio ? C'est un peu plus cher, mais ils sont en meilleure santé. Garantis 100 % naturels, nourris au sein, sans OGM ni huile de palme…

— Ils sont végétariens ?

— C'est selon votre désir. Nous élevons des maris de diverses catégories, ce qui vous donne accès à toute une gamme de nuances, du pur végan incapable de regarder une vache droit dans les yeux jusqu'au gros bouffeur de viande rouge.

Elle ignorait qu'un tel choix existât. C'était à la fois rassurant, elle était quasi sûre de trouver chaussure à son pied, mais également stressant, la peur de ne pas savoir lequel adopter.

— Satisfaire la clientèle est la règle de base de notre métier, fanfaronna Massimo comme s'il lisait en elle.

— C'est une amie qui m'a conseillé de louer mon mari.

— Elle a eu tout à fait raison, vous la remercierez de ma part. C'est très tendance de nos jours. Pourquoi prendre le risque de s'encombrer d'un homme pendant des années alors que la location permet de changer selon ses envies ? Vous choisissez le compagnon adapté à votre profil et si, dans quelque temps, vous regrettez, vous le remplacez par un autre. Ça ne pose aucun problème.

Après deux unions desquelles s'arracher lui fut compliqué, les arguments du vendeur trouvaient un écho favorable chez Audrey.

— Merveilleux, dit-elle.

— Le désirez-vous parfaitement dressé ou préférez-vous achever les finitions vous-même ?

— Je ne suis pas fixée. Une chose est sûre, pas question d'un mari qui pète au lit...

— ... pas péter au lit

— ... qui rote à table

— ... pas roter à table

— ... ou qui met ses pieds dans son nez ou ses doigts sur le canapé.

— Vous voulez dire, les pieds sur le canapé et les doigts dans le nez ?

— Oui, je me suis trompée. Autre chose, j'exige qu'il relève la lunette des toilettes quand il fait pipi.

Tout en parlant, elle se rendit compte qu'elle se focalisait sur des détails. Sans doute la fébrilité de ne pas savoir choisir lui faisait-elle dire ce qui lui passait par la tête, occultant des points plus essentiels.

— Mais voyons, madame, nos maris n'urinent pas, nous sommes une maison sérieuse. Bref, vos désirs m'incitent à vous conseiller les hommes de catégorie trois. De toute façon, si vous avez le moindre problème, nous procédons à un échange contre un modèle de gamme supérieure dans les vingt-quatre heures chrono !

Comme La Redoute, pensa-t-elle.

— C'est rassurant. Question pratique : comment nourrit-on ce type de maris ? Il mange combien de repas par jour ? Fournissez-vous des recettes appropriées ? Une liste de menus recommandés ? À éviter ?

Les yeux de Massimo s'illuminèrent.

— J'ai mieux à vous proposer : des préparations d'aliments tout prêts sous forme de croquettes. Une dose diluée dans un verre d'eau suffit. Nous en avons même au parfum pizza-bière pour les soirées foot.

33

Il était intéressé aux résultats de l'entreprise. Écouler des sacs de nourriture lui assurait un bonus non négligeable en fin de mois.

— C'est onéreux ?

— La qualité n'est jamais trop chère, surtout si vous profitez de la promo sur la marque *Mon joli mari*. Elles contiennent les vitamines essentielles pour que son poil soit brillant. Nous les commercialisons par cinquante kilos. À raison d'une gamelle matin et soir, un paquet vous durera quatre semaines. Le petit plus de la maison, pour deux achetés, nous vous offrons une remise de deux pour cent sur le troisième. C'est très économique.

Massimo se redressa, fier de lui. Il avait récité son argument commercial d'une traite, sans bafouiller. Si la cliente ne cédait pas aux sirènes de la croquette, il se convertirait dans l'élevage de dindons en appartement.

— Effectivement, ça a l'air intéressant. Je suis tentée d'en acheter un pour commencer.

— Nous les vendons par trois, sinon, vous ne pouvez bénéficier de la remise.

Et moi de mon bonus, pensa-t-il.

— Trois, c'est trop, je ne saurais pas où les coucher.

— Ils peuvent rester debout !

— Ils ne se reposent pas ?

Qu'est-ce qu'elle raconte ? se demanda-t-il.

À tout hasard, mais perturbé par l'incongruité de sa réponse, il tenta :

— Non, madame, les croquettes ne dorment pas.

— Ah pardon, nous ne nous sommes pas compris, je croyais que la réduction concernait les maris !

Pour ne pas la vexer, Massimo se retint de rire. De la promo sur les conjoints ? Et puis quoi, encore ?

— Désolé, l'homme est un article qui s'écoule fort bien sans remise, il y a une forte demande. Néanmoins, puisque vous m'êtes très sympathique, je vous propose une carte de fidélité valable dix ans. Pour cinq maris achetés, le sixième est offert. C'est intéressant quand on veut créer une famille recomposée.

Il mit sa calculette en marche dans sa tête. S'il parvenait à lui placer un abonnement, le bonus paierait près de la moitié de sa location de vacances à Capbreton.

— Je n'en suis pas encore là, dit la dame, mais je note, ça peut être une opportunité plus tard.

Au revoir, Capbreton.

— Au niveau des modèles, je suppose que vous avez du choix ?

— Nous pouvons répondre à toutes les envies : sportif en jogging défraîchi, intellectuel avec lunettes et pipe, ouvrier en salopette graisseuse, et j'en passe. Nous possédons même un prix Nobel et un abruti de première.

— Lequel est le moins cher ?

— Le Nobel, bien entendu. Vous n'imaginez pas comme il est déplaisant de vivre avec quelqu'un qui sait tout sur tout. Je ne vous le recommande pas.

Audrey s'abstint de commenter. Oh que si, elle imaginait, elle avait pratiqué, son premier époux détenait le Nobel de la pénibilité.

— Vous me conseillez de prendre l'abruti ?

— Il possède de nombreux avantages, il croira toutes les histoires que vous lui raconterez, ainsi vous pourrez le tromper sans qu'il s'en aperçoive.

— Avec qui ? demanda-t-elle.

Elle n'était pas encore mariée, n'était-ce pas déraisonnable d'envisager l'adultère prématurément ?

— Nous louons également des amants, beaux, jeunes, vigoureux et parfaitement équipés, si vous voyez ce que je veux dire…

— J'aurais espéré un peu d'amour.

— Vous rigolez, madame, je suppose ? Et pourquoi pas de la tendresse, tant que vous y êtes ! Nous sommes au vingt et unième siècle, nous n'avons plus de temps à consacrer à ces futilités. Croyez-moi, un mari qui tond la pelouse, lave la vaisselle et ferme les yeux tandis que vous vous éclatez au lit avec un autre homme, c'est le bonheur garanti.

— Les époux n'assurent pas le devoir conjugal ? dit-elle un peu dépité.

35

Massimo lui posa une main réconfortante sur l'avant-bras, sa peau était douce, c'était agréable. Il était délicat, c'était appréciable.

— Au début, si, bien sûr, mais avec le temps, ils ne sont plus aussi motivés. Vraiment, je ne vous recommande pas de louer un mari pour un usage sexuel régulier.

— Si vous le dites, je vous fais confiance. Allez, c'est décidé, j'adopte l'abruti. Puis-je payer en trois fois ?

— En trois fois sans frais, parfaitement. Je vous l'emballe ?

— Non, laissez, c'est pour consommer tout de suite.

Elle s'approcha délicatement de Massimo, lui retira sa blouse. Dessous, il portait un costume bien taillé. L'élégance italienne. Puis, elle lui prit le bras et l'entraîna vers la sortie.

— Mais enfin, madame, cria Massimo, ce n'est pas possible, madame !

Massimo parvint difficilement à faire comprendre à la cliente qu'elle commettait une erreur. D'une part, il ne faisait pas partie du catalogue du magasin, d'autre part, il n'était pas abruti. Il n'en avait pas la certitude, mais il avait tout de même obtenu son bac avec mention, c'était un signe, non ?

Il abandonna Audrey malgré les mille arguments dont elle usa pour le convaincre, parmi lesquels sa grande passion pour l'Italie, les Italiens et les pâtes à la carbonara.

Encore une dingue, pensa-t-il, *pas étonnant qu'elle soit célibataire.*

Mais, mais mais mais, cette cliente particulière qui l'avait un tantinet énervé piquait sa curiosité.

Quand Massimo était piqué, il pouvait faire n'importe quoi. Par exemple suivre cette inconnue. Quand ? Tout de suite, bien sûr. Jusqu'où ? Il n'en avait pas la moindre idée. Pour savoir quoi ? Il n'y avait pas réfléchi. Comment ? En prenant le taxi qui stationnait au carrefour…

04
SUIVEZ CETTE VOITURE !

Pierre s'en souvenait comme si c'était hier. C'était au mois de mai, il avait sept ans. Sa mère et lui étaient allés profiter du printemps durant un week-end prolongé chez une tante de Bretagne.

Ce qui le marqua, beaucoup plus que la visite chez la tata moustachue, les virées avec les cousins ou les crêpes au beurre salé qu'il avait dévorées, ce fut le trajet. Il gardait un souvenir précis, de l'aller comme du retour, kilomètre après kilomètre, depuis leur premier pas hors de la maison jusqu'à celui qui les ramena *at home*.

Ils partirent à pied jusqu'à l'arrêt de bus qu'ils attrapèrent de justesse. Pour y grimper, ils avaient couru les vingt derniers mètres en traînant leurs valises. Sa mère frappa à la portière vitrée alors que le véhicule effectuait ses premiers tours de roue. Le chauffeur ouvrit, elle le remercia d'un aimable sourire.

— On pouvait prendre le suivant, nous ne sommes pas en retard, a dit maman lorsqu'ils furent assis. Mais c'est tellement plus amusant de monter dans un bus qui ne nous attend plus.

Devant les yeux encore émerveillés de l'enfant par ce début d'aventure, elle ajouta :

— Tu es d'accord, mon petit Pierrot ?

Il se blottit contre elle, il était d'accord. Il glissa sa mimine dans la sienne, sa valise entre les jambes, goûtant le paysage qui défilait derrière la fenêtre.

Gare Montparnasse, ils achetèrent des magazines au kiosque. Sa mère choisit un programme télé, elle adorait connaître à l'avance les émissions qu'elle regarderait plus tard. Pierrot prit le dernier numéro du journal de *Spirou* avec Gaston Lagaffe en couverture. Tant pis si la moitié des histoires étaient à suivre, tant pis s'il n'avait pas lu les épisodes précédents et tant pis s'il ne lirait pas les suivants. Son imagination était suffisamment véloce pour qu'il reconstitue les pages manquantes des aventures.

Parvenus en gare de Rennes, la tata moustachue vint les chercher dans sa vieille 2 CV pour les conduire chez elle. Elle semblait se déglinguer dans chaque virage. Pas la tante, la voiture, comme celle de Bourvil dans *Le Corniaud*.

Mystère de la mécanique, ils arrivèrent à bon port. Sa charrette qui avait depuis longtemps dépassé la date de péremption réussit même à refaire le trajet inverse quatre jours plus tard.

Avant de monter dans le train du retour, ils achetèrent de nouveaux magazines. Sa mère choisit un roman-photo dont le titre à lui seul annonçait tout un programme : *À la recherche de mon amour perdu*. Presque du Proust. Pierrot prit le dernier numéro de *Tintin*, le journal des jeunes de 7 à 77 ans. Ouf, il avait de justesse l'âge autorisé pour voyager en compagnie de Chick Bill et Bernard Prince.

C'est lorsqu'ils arrivèrent Gare Montparnasse que Pierrot eut LA révélation, celle qui décida du reste de sa vie. Alors qu'il croyait terminer la partie finale du trajet en autobus, comme à l'aller, sa mère décréta qu'elle en avait « plein les pattes » et qu'ils allaient rentrer en taxi.

Un taxi ! Il avait vu des héros comme De Funès ou Ventura en attraper au vol dans des films, mais pour de vrai, jamais. Peut-être même était-ce une invention de cinéaste, pourquoi dans la vie réelle des gens conduiraient-ils d'autres personnes ?

Celui dans lequel ils montèrent était une vieille Peugeot 404 rouge avec un toit ouvrant. Il se revoyait poser ses fesses sur la banquette arrière en cuir beige. Le chauffeur les salua d'un rapide signe de main sur sa casquette en tissu, puis démarra en enclenchant une vitesse avec le levier situé près du volant. Pierrot ressentait une sensation de privilège, une fierté. Le bras appuyé sur l'accoudoir, lors des arrêts aux feux rouges, il regardait les véhicules voisins avec un aplomb de pacotille, comme s'il appartenait à une élite qu'ils ne pourraient jamais rejoindre. Il était un petit garçon de sept ans transporté par un superhéros.

C'est durant ce trajet qu'il prit une décision qui ne le quitta plus : lui, Pierre Dujardin, quand il sera grand, exercera le remarquable métier de chauffeur de taxi.

Trente ans plus tard, il avait parcouru deux millions de kilomètres, chargé quelques milliers de clients et sur le tableau de bord de sa Mercedes GLA rouge quasi neuve, une 404 rouge miniature au 1/43ème lui portait bonheur. Ses souvenirs étaient remplis des centaines d'histoires incroyables qu'il avait vécues.

— Suivez cette voiture ! dit un homme qui entra dans la sienne.

Dernier détail : le crâne de Pierrot est agrémenté d'une casquette plate en tissu, comme le chauffeur de son enfance, il salue d'un geste de la main chaque personne qui fait appel à ses services et apprécie un minimum de courtoisie en retour.

— Bonjour, monsieur.

— Oui, oui, bonjour, dépêchez-vous ! répondit le passager.

— La politesse vous dérange ?

— Pardon ?

— Lorsqu'on s'adresse à quelqu'un, on commence par « bonjour ». Vous n'êtes pas d'accord ?

L'homme, un grand chauve dans un costume bien taillé, montra immédiatement des signes d'impatience.

— Mais si, mais si !

— Vous pourriez même dire *« Bonjour, monsieur Pierre Dujardin »* mais je vous en dispense, vous ne savez pas mon nom, pas plus que je connais le vôtre.

— Trop aimable, monsieur Dujardin ! Moi, c'est Massimo Lombardo, vous êtes content ?

— Non, monsieur Massimo Lombardo.

— Comment ça, « non » ?

— Vous ne m'avez pas dit « bonjour » avec le ton de quelqu'un qui pense bonjour. Vous l'avez lâché mécaniquement pour vous débarrasser d'une corvée.

Pierrot jubilait. Le client s'imagine être le roi, il croit que le dernier mot lui appartient, il s'obstine. Erreur, mon gars, c'est le chauffeur, le maître du jeu.

— Bonjour, murmura Massimo d'une intonation exagérément mielleuse.

— Bonjour qui ?

— Bonjour monsieur Gaillardin !

— Dujardin !

— Ça vous suffit ou je vous offre un bouquet de fleurs et je vous claque une bise ?

— Les fleurs, pourquoi pas, elles embelliront mon lieu de travail. Le bisou, je n'y tiens pas, si ça se trouve, vous êtes couvert de microbes !

— Non, mais dites donc, je ne vous permets pas, s'offusqua Massimo.

— Je ne vous autorise pas non plus à m'embrasser !

D'après les statistiques personnelles de Pierrot, qui valent ce qu'elles valent, mais qui s'étalent malgré tout sur de nombreuses années de chauffeur de taxi, la population des clients se répartit en un quart de gens désagréables, un quart de très sympathiques et une grosse moitié de sans opinion. Lui, sans le moindre doute, faisait partie des pénibles. Pierrot traça mentalement une croix dans la première colonne de son tableau.

— Ça suffit maintenant, assez perdu de temps.

Massimo montra une voiture au loin d'un geste agacé.

— Dépêchez-vous, sa bagnole déboîte, elle va partir !

Pierrot sentit qu'ils allaient passer un bon moment tous les deux. Il s'appuya ostensiblement sur le dossier et croisa les bras.

— Il manque le petit mot.

— Quel petit mot ?

— Celui à ajouter pour réclamer quelque chose. Elle ne vous l'a pas appris, votre maman ?

— S'il vous plaît ? demanda le client comme si ce n'était pas une évidence.

— Voilà ! Vous voyez, quand vous voulez. Ce n'est pas compliqué : « Bonjour », « S'il vous plaît », sont la base de relations correctes. Et « Merci » aussi. Et « Au revoir ». Et...

Le visage de l'homme s'empourpra. Soit il venait d'avaler une arête de travers, soit il était au bord de l'implosion. Il ne mangeait pas de sandwich au hareng, donc ce n'était pas une arête.

— Vous avez l'intention de me réciter le manuel des bonnes manières dans son intégralité ? Vite, suivez cette voiture !... S'il vous plaît...

— Pourquoi ?

Eh oui, quand on le prenait en grippe dès le premier contact, Pierrot était capable d'aller assez loin dans le registre *« moi aussi je peux vous casser les pieds »*.

— Parce que vous êtes un taxi et que je vous le demande !

— Je ne suis pas un taxi, je suis un chauffeur de taxi. Nuance. Le taxi, c'est l'automobile dans laquelle vous êtes assis. À ce propos, comment la trouvez-vous ?

— Qui ça ?

— Ma voiture ! Confortable, non ?

— Sans vouloir vous vexer, même si c'était un tas de ferraille rouillée, ça n'aurait aucune importance. La seule chose qui compte, c'est que ça roule ! Et si possible dans la direction qui m'intéresse, à savoir de sui-vre-cet-te-voi-tu-re !

Cinq ou six secondes d'un regard insistant furent nécessaires pour qu'il se souvienne qu'il devait ajouter :

— ... s'il vous plaît.

— Pourquoi dois-je filer cette voiture ?

— Ça ne vous concerne pas.

— Vous voulez l'acheter ?

— Ça ne vous concerne pas, je vous dis.

— Détrompez-vous, je suis intéressé au premier chef. Si je dois la suivre, peut-être est-ce que je risque ma vie ? Ça me parait normal que je sache pourquoi.

Dans la réalité, il s'en fichait. S'il devait demander à chaque client pourquoi il voulait aller à tel ou tel endroit, il ne ferait pas plus de trois courses pas jour. Il le questionnait uniquement pour le plaisir. Le plaisir de l'emmerder.

— OK, vous n'avez pas l'intention de démarrer, je vais chercher un autre chauffeur plus compréhensif.

Massimo appuya sur la poignée de la porte et esquissa un léger mouvement de sortie.

— Non ! dit le chauffeur.

— Vous comptez m'en empêcher ? s'inquiéta-t-il.

— Ça me tente… mais ce n'est pas mon propos. Je dis simplement que vous n'allez pas prendre un autre taxi… pour la bonne raison que je suis le seul. Regardez devant, derrière, à droite, à gauche, et même au-dessus si ça vous amuse, il n'y a personne. Que moi.

Massimo exaspéré se réinstalla. Il essayait, difficilement, de rester impassible et de parler calmement. Ce qui lui demandait un effort considérable.

— La voiture à suivre est arrêtée au feu au bout de la rue, dans quelques secondes elle tournera, on ne la verra plus. Que dois-je faire pour que vous accomplissiez votre travail qui, si je ne m'abuse, consiste à conduire des gens d'un point à un autre ?

— Vous avez entièrement raison, répondit Pierrot. Le problème, c'est que je connais le départ, nous y sommes, mais j'ignore tout de l'arrivée. Pour voyager d'un point à un autre, je dois être informé du point « autre » ! Eh oui !

Cette fois, la goutte d'eau débordait du vase. Massimo ouvrit la porte d'un mouvement brutal et mit un pied hors du véhicule.

— Je vais y aller à pied, ça sera plus rapide.

— Vous marchez plus vite qu'une Mercedes ? Bravo, vous devriez participer aux Jeux Olympiques.

Son corps s'affaissa lourdement sur la banquette, son poids ajouté à celui de la lassitude ébranla la belle auto.

— Ne faites pas la tête, je vais vous conduire. C'est votre femme dans le taxi ?

— Vous vous mêlez de la vie privée de tous vos clients ?

— Non, juste vous, parce que vous m'êtes sympathique !

— J'ai de la chance ! Sous prétexte que je suis sympa, vous ne m'emmenez pas à destination ? Si j'avais été antipathique, vous auriez démarré et vous auriez suivi la voiture ?

Nous naviguions dans un univers kafkaïen, Pierrot se régalait.

— On peut voir ça comme ça !

— Vous ne pouvez pas me trouver cool, je ne vous ai pas dit « bonjour » ni « s'il vous plaît » !

— C'est vrai que vous êtes un con...

— Je ne vous dirai même pas « merci » ni « au revoir » ! Mieux, ne comptez pas sur un pourboire, vous n'aurez rien, que dalle !

— Ah d'accord ! Donc, vous êtes un vrai gros con !

— Parfaitement, je suis un vrai gros con. Je suis malpoli. Je suis radin. J'exècre les chauffeurs de taxi. Je vais manger des chips dans votre bagnole, je laisserai des miettes plein la banquette. Et puis du saucisson, je jetterai la peau par terre. Et du pâté de mauvaise qualité que je ferai tomber sur le tapis de sol et que j'écraserai pour que ce soit dégoûtant. Je me fous de votre chiotte qui sent le chien mouillé et la pomme de terre moisie !

Massimo laissa passer quelques secondes avant de conclure.

— Je suis assez antipathique ? Vous pouvez suivre la voiture, maintenant ?

Pierrot dut reconnaitre qu'il l'avait scotché. Un tel étalage de nuisance, même purement fictive, ce n'était pas fréquent. D'accord, il abdiquait, mais n'avait pas dit son dernier mot.

— On y va ! Il est où, le véhicule que je dois filer ? dit-il d'un ton renfrogné.

43

— Il a tourné à droite et ensuite, il est je ne sais où, je n'ai pas le don de voir à travers les immeubles.

— Cent mètres plus loin que cet embranchement, il y a un carrefour avec huit rues, on ne trouvera jamais laquelle la voiture a prise.

Yes, il regagnait la main !

— Donc on l'a perdue ? dit le client dépité.

— C'est fort probable, désolé ! Ça fera 28,40.

— Pardon ?

— La course, 28 euros 40.

Dommage que son portable ne fut pas allumé, il y avait une photo à saisir, un magnifique portrait à immortaliser ! Estomaqué, le monsieur ! Abasourdi, hébété, médusé. Il n'aurait pas été moins bouche bée (au sens propre comme au figuré) s'il lui avait annoncé une invasion extraterrestre dans son salon.

— On est restés sur place, vous appelez ça une course, vous ?

— À partir du moment où le moteur est allumé, il y a prise en charge et le compteur tourne. Dans un embouteillage, c'est pareil. Le tarif des taxis, c'est le kilomètre et le temps ! C'est la loi.

— Vous ne vous imaginez pas que je vais payer pour un trajet que je n'ai pas effectué, par votre faute qui plus est ?

— Je ne me l'imagine pas, je l'affirme ! Ne vous plaignez pas, je ne vous facture pas le nettoyage de vos chips, de votre saucisson et du pâté bon marché !

Tout compte fait, cette course, qui n'en était pas une, aura été amusante. Rien que de voir la tête que le client fit quand il parla de bouffe sur sa banquette !

— Mais je n'ai pas mangé de…

— Menteur ! C'est vous qui me l'avez dit. Vous voulez que je vous fasse entendre l'enregistrement ?

— Vous enregistrez les conversations de tout le monde ?

Et toc ! Le coup de grâce ! L'exécution finale ! L'estocade ultime !

— Parfaitement. Je les écoute quand je m'ennuie, ça m'occupe… Hier par exemple, une dame m'a raconté que sur un marché de l'Île de Ré, elle avait croisé Yolande Moreau. Vous connaissez ? La bonne femme des Deschiens. Très drôle, entre nous. Bref, elle se promenait avec son Caddie à roulettes, elle faisait ses courses comme vous et moi. Eh ben, vous me croirez si vous voulez, elle était exactement…

Pris d'un doute, il se tourna vers l'arrière.

— Oh le salaud ! Il s'est barré sans payer, sans dire au revoir, sans rien ! Ça m'apprendra à rendre service ! Voleur !

Massimo était déjà trop loin pour qu'il puisse entendre.

Des clients qui ne paient pas, je n'irai pas jusqu'à dire que c'est banal, mais dans une vie de taxi, c'est tout de même un classique, marmonnait Pierre Dujardin en roulant sur la départementale 183.

L'arnaque la plus fréquente, c'est le client ou la cliente (eh oui, les femmes ne sont pas en reste) qui se barre sans régler sa course pendant un embouteillage ou un stationnement en double file. Ils se doutent que je ne vais pas laisser ma voiture sur la chaussée, avec cinquante râleurs derrière qui m'insultent.

D'ailleurs, même sans coups de klaxon, je n'abandonne pas ma belle auto. Il a profité de mon histoire sur Yolande Moreau — qui ne l'intéressait pas, je parie — pour disparaître. Envolé, l'oiseau. C'est ce qui est pénible avec les bagnoles modernes, elles sont tellement silencieuses qu'on n'entend pas les portes s'ouvrir. Avec une bonne vieille 404 (rouge, de préférence), ça n'aurait pas été la même affaire.

Encore une recette à mettre dans les pertes et profits.

Pierre conduisait tranquillement… jusqu'à ce qu'il aperçoive un policier lui faire signe de se garer sur le bas-côté…

05
VOS PAPIERS, S'IL VOUS PLAÎT !

Le brigadier Charles Buzart n'était pas du genre à étaler ses exploits. Néanmoins, il n'était pas peu fier de son tableau de chasse. En vingt-sept années de bons et loyaux services, il avait dressé près de cinquante mille P.-V. Cinquante mille ! Quand il le répétait à ses collègues (presque quotidiennement, à leur grand désespoir), ils ne manquaient pas de feindre l'admiration, voire un peu de jalousie qui donnait encore plus de valeur à ses trophées.

Aucun autre policier ne pouvait s'enorgueillir d'un tel palmarès. Sans chercher à être prétentieux, le brigadier était convaincu qu'il détenait le meilleur résultat de tout le département.

Il lui arrivait de rêver être décoré pour ses faits d'armes, comme il aimait dire. Il s'imaginait, médaille à la boutonnière, croiser madame Brunetti, la gardienne de son immeuble, en bombant le torse afin qu'elle ne manquât pas de voir la rutilante distinction.

Mais l'heure n'était pas à s'abandonner à des fantasmes. Il devait conserver l'œil vif, traquer le fautif, repérer le contrevenant, dénicher le condamnable.

Vérifier que les conducteurs se pliaient aux règles était son cheval de bataille. Vitesse, signalisation, distance de sécurité, influence de boissons alcoolisées, il ne devait rien laisser passer. Veiller au bon respect du Code, telle était sa mission.

La Mercedes GLA hybride rouge qui roulait dans sa direction sur la départementale 183, semblait mériter qu'on s'intéresse à son cas. D'un geste qui ne souffrait aucune contestation, il lui fit signe de s'arrêter.

À bord de la voiture, Pierre Dujardin, chauffeur de taxi sans histoire, rentrait chez lui après une dure journée de travail durant laquelle il avait trimballé une vingtaine de clients dont le dernier s'était esquivé sans payer la course. Il obtempéra à la demande de l'agent avec la sérénité de celui qui possède encore douze points sur son permis. Permis qu'il détenait depuis trente-trois ans et sept mois.

— Bonjour, monsieur ! dit Charles Buzart, veuillez couper le moteur et présenter les papiers du véhicule, s'il vous plaît.

— J'ai commis une infraction ?

Réaction classique, se dit le brigadier, *jouer l'étonné, pour faire croire qu'on n'a pas violé la loi.*

On ne la lui fait pas, des *innocents* comme ce conducteur, il en contrôlait plusieurs par jour. Avec un taux de verbalisation de cent pour cent.

— Vous n'avez pas vu le panneau sur votre droite ?

— Lequel ?

— L'indication de vitesse. Il mentionne 90, vous êtes bien d'accord ?

— Oui, effectivement, et alors ?

— Vous rouliez à 80 ou 85, mais guère plus.

— Impossible, je suis très scrupuleux, je fais toujours attention de conduire largement au-dessus des minimums imposés.

Comme par hasard ! Si je le laisse dire, il va jurer qu'il fonçait à 140, se dit l'agent.

— Vous contestez la fiabilité du radar ?

— Ce n'est qu'un appareil électronique, il peut subir des défaillances. Je vous assure que je conduisais à 95, voire cent ou cent-dix kilomètres/heure.

— Non, monsieur, vous ne rouliez pas à cent ou cent-dix kilomètres/heure, vous étiez largement en-dessous. Si tout le monde faisait comme vous, où irions-nous, je vous le demande, où irions-nous ?

— Vers notre destination, répondit l'homme en ricanant.

Mais il se ravisa aussitôt. Visiblement, le policier qui procédait au contrôle possédait le sens de l'humour d'un piranha édenté.

— Monsieur joue au malin ? Bravo, bravo. Vous êtes au courant que vous faites preuve d'incivilité en roulant à vitesse réduite ?

— Moi ?

— Parfaitement ! Vous n'êtes pas sans savoir que si l'on donne des vitesses minimums à respecter, ce n'est pas pour le simple plaisir d'obliger ou d'interdire. Nous veillons à maintenir un quota suffisant de morts sur les routes.

— Il y en a déjà largement.

Tu contestes, pensa Buzart, *tu vas le regretter, mon petit bonhomme.*

— Contrôle d'alcoolémie ! Sortez du véhicule.

— Mais je…

— Il n'y a pas de « mais je ». Je vais vérifier le taux d'alcool que vous avez dans le sang. Vu votre attitude, j'ai l'impression que je ne suis pas au bout de mes surprises. Soufflez !

Incontestablement, le conducteur n'était pas à son aise. Il expira modérément.

— Plus fort… Plus fort, je vous dis ! Mettez-y de la bonne volonté si vous ne voulez pas passer la nuit au poste.

Pierre Dujardin, conscient qu'il ne pourrait berner le policier, souffla énergiquement.

— J'aurais dû m'en douter, zéro gramme ! Pas une goutte d'alcool dans le sang !

— C'est impossible, j'ai bu un apéritif et deux verres de vin. Non, trois !

— Il y a combien de temps ?

— Ce midi. J'ai déjeuné chez mon beau-frère, vous pouvez vérifier.

Buzart regarda sa montre. Un sourire sadique traversa son visage.

— C'était il y a plus de six heures. Votre organisme a digéré l'alcool, vous êtes à jeun. Ça va vous coûter cher.

— Non, s'il vous plaît, pas d'amende ! Soyez cool.

— La police n'est pas là pour être « cool » comme vous dites, elle doit faire respecter les lois. Nous sommes tenus de veiller à atteindre une quantité minimum d'accidents et de morts chaque mois. Si tous les conducteurs roulent lentement et à jeun, dans dix ans, on sera vingt milliards sur Terre, ce sera invivable !

— Ça l'est déjà.

Un philosophe. Un intello. Si je le laisse faire, il va se lancer dans un discours sur la surpopulation.

— Raison de plus pour avancer vite et bourré ! trancha-t-il.

— Mais…

— On ne discute pas !

Honnêtement, le policier ne cherchait pas à piéger systématiquement les automobilistes, mais il avait juré, lors de l'obtention de son diplôme, qu'il vouerait sa vie à faire respecter la loi. C'était plus fort que lui, il ne pouvait pas s'en empêcher.

— De plus, je constate que votre véhicule est en excellent état, notamment les pneus qui sont nickel.

— Oh non, ils ne sont pas neufs, se défendit faiblement le conducteur.

— J'imagine que vos freins ont été révisés récemment ?

— Sûrement pas !

— Ne mentez pas. De toute façon, si je fais passer le contrôle technique à votre voiture, ils le détecteront. Sans aucun défaut au niveau de la sécurité, vous êtes bon pour la peine maximum.

— C'est-à-dire ?

— On vous attribue d'office un permis poids lourds.

Dujardin se tassa sur lui-même, comme écrasé par le trente-huit tonnes que le brigadier déposait sur ses épaules. Il tenta une maigre défense.

— Mais je ne sais pas conduire les camions.

— J'espère bien ! Avec un peu de chance, dans moins d'une semaine vous aurez une demi-douzaine de morts à votre actif. Peut-être, je dis bien peut-être, pourrez-vous récupérer votre permis auto. Mais attention en cas de nouveau contrôle sans alcool, c'est le retrait pour une durée illimitée.

Vu ses compétences dans la conduite des véhicules de plus de trois tonnes, il n'avait aucun doute, il écraserait sans problème six ou sept passants. Peut-être même beaucoup plus.

— Je peux repartir ?

— Ttt ttt ttt, pas si vite. Buvez cette bouteille de whisky avant de prendre le volant.

— Je n'aime pas ça.

— Tant mieux ! Continuez... encore... très bien. En route maintenant !

Dujardin s'assit, chercha à tâtons la clé de contact, parvint avec difficulté à la mettre dans le démarreur. Il passa la première sans débrayer, la boîte de vitesse craqua puis la voiture cala. Après trois ou quatre tentatives, il finit par y arriver. En partant, il annonça au policier :

— J'ai du mal à voir la route, c'est très flou, je vais occasionner des dégâts.

— Votre ceinture !

— Quoi ?

— Vous l'avez attachée !

— Oh pardon, un réflexe, dit-il en la retirant.

— Parfait. N'oubliez pas d'appuyer sur le champignon, de coller les véhicules qui vous précèdent, de doubler en haut des côtes et de téléphoner en conduisant !

— Oui, monsieur l'agent.

La voiture partit en zigzagant, atteignant une vitesse rapide en quelques dizaines de mètres. Le policier le regarda s'éloigner, content de son interpellation.

— Ah la la, si la force publique n'était pas là !

Puis, dans un sursaut, il se rendit compte qu'il venait d'effectuer la première bourde de sa carrière exemplaire.

— Oh merde, j'ai oublié de lui dresser un P.-V. !

Charles Buzart rumina longuement cette erreur. Lui, l'irréprochable, le modèle, l'exemplaire brigadier avait failli à son engagement envers la police nationale. Devait-il en parler à ses supérieurs ? Son intégrité le poussait à être inattaquable, à avouer sa faute, à faire son *mea culpa*, voire à payer sur ses économies personnelles le montant du procès-verbal dont il avait privé l'administration française.

Fort heureusement, son amour-propre lui conseilla de garder pour lui cet incident. Il se contenta de ruminer un chapelet de jurons particulièrement bien sentis. Rien ne servait d'abîmer son statut d'élite au sein du commissariat. Pourquoi détruire sa réputation de leader de la contredanse et par là même démotiver les rangs des agents verbalisateurs ?

D'autant que l'aventure d'un certain saut à l'élastique avait déjà écorné son image. C'était il y a quelques années, trois ou quatre, peu importe, insuffisamment en tout cas pour qu'il ne se souvienne pas avoir été la risée de ses amis et collègues. Il gardait en mémoire, quasiment minute par minute, la radiographie de son drame…

06
UN SAUT TRÈS PÉRILLEUX

Il faut être un peu barré pour sauter à l'élastique, non ? Je veux dire pour se lancer volontairement.

J'ai essayé. Pas de mon plein gré parce que moi, ce que j'aime le plus dans cette activité physique, c'est la regarder en vidéo sur YouTube. Dans un fauteuil. Avec des cacahuètes et un apéro. C'est ma façon de concevoir le sport extrême.

Ce sont des amis qui m'ont offert cette expérience. Enfin, peut-on vraiment appeler « amis » des personnes qui trouvent amusant de vous jeter dans le vide ? Pour ma part, je considère ces gens comme des assassins. Le terme n'est pas exagéré puisque d'après le dictionnaire, un assassin, c'est quelqu'un qui tue un individu avec préméditation. Or, qui dit cadeau, dit préméditation.

Donc j'ai un « copain », qui s'est réveillé un matin en annonçant fièrement à sa femme : « Chérie, j'ai une idée géniale pour l'anniversaire de mon pote Charles, on va lui offrir un saut à l'élastique ! ». Il me connaît depuis des années, il m'a proposé cent fois de courir dans la forêt ou de descendre le toboggan infernal à Disneyland, deux cents fois j'ai refusé. Eh bien lui, il en déduit que moi, Charles Buzart, je suis un sportif qui rêve de se jeter dans le vide. Voilà le genre de potes que je me trimballe !

Et sa nana, qui est soi-disant elle aussi mon « amie », a répondu à son mec : « Oh, mon chéri ! Qu'est-ce que tu es intelligent, tu as toujours des idées extraordinaires, c'est super, Charles va adorer ! ». Ce que j'adore, c'est dresser des contraventions, c'est ça mon sport extrême favori !

Je ne connais pas votre opinion, moi je dis qu'un copain de ce genre a raté sa vocation. Il aurait dû choisir serial killer ou parrain de la mafia comme boulot. Tu ne rembourses pas tes dettes, allez hop, les pieds dans un bloc de ciment et séance de natation dans la Seine. C'est une sorte de saut à l'élastique... sans élastique, avec des baskets en béton. Hormis ces légers détails, c'est pareil.

Qui a ce genre d'idée ? Personne, bien sûr, personne n'est débile à ce point.

Moi, pas de bol, mon camarade est con. Oups, désolé, on ne doit plus dire con, comme on ne doit plus dire aveugle ou sourd. On dit non-voyant, non-entendant, non-intelligent. Par contre, rien ne m'empêche de l'appeler abruti. J'ai droit à abruti.

Donc mon abruti... je veux dire, mon pote, a téléphoné à mes autres copains qui se sont cotisés pour m'offrir un saut à l'élastique. Car, ce n'est pas l'idée d'une seule personne, c'est une opération commune. Ils se sont mobilisés pour me jeter du haut d'un pont.

Ils auraient pu m'acheter un repas pour deux dans un relais château ou la collection intégrale d'Astérix, un truc pépère, douillet, peinard. Non, ils ont préféré m'accrocher à un bout de caoutchouc et me balancer dans le néant.

Comme je suis un garçon bien élevé qui dit bonjour à la dame et qui ne met pas ses doigts dans son nez, j'ai accepté le cadeau. J'ai même déclaré : « Oh la la, qu'est-ce que c'est chouette, depuis le temps que j'en rêvais ! ».

J'ai prononcé ces mots avec suffisamment de conviction puisque mes potes ont répondu, avec un air ravi : « On savait que tu serais heureux, on te connaît, Charlot, tu aimes ce qui sort de l'ordinaire ».

Un autre a ajouté : « On n'allait tout de même pas t'offrir un repas pour deux dans un relais château ou la collection d'Astérix » ?

J'ai eu envie de leur demander s'ils voyaient sur mon visage un millième d'expression qui laissait supposer du contentement. Je me suis abstenu. Bien élevé. Bientôt mort, mais bien élevé.

Ensuite, j'ai entendu ma copine Alix dire : « Il se tait, car il est ému ! ». Depuis quand quelqu'un qui ne cause pas est obligatoirement ému ? On peut ne rien dire parce qu'on se retient de hurler. On peut ne rien dire parce qu'on a envie d'étrangler tout ce qui bouge. On peut ne rien dire parce que si on parlait ce serait pour envoyer chier tous les cons qui croient savoir ce qui te ferait plaisir. J'ai raison ou c'est moi ?

Ayant reçu un minimum d'éducation comme je l'ai déjà dit, j'ai souri et rangé l'enveloppe dans un tiroir. En fait, dès qu'ils ont eu le dos tourné, je l'ai déchirée et balancée rageusement. Objectif : enterrer ce cadeau pourri et espérer qu'ils l'oublient.

Tu parles !

Mon pote, celui qui a eu cette idée maléfique, me téléphone le lendemain. Pas une semaine ou un mois plus tard, non, douze heures après, alors que j'étais encore le nez dans mon café et les pieds dans mes charentaises. Il me demande, d'une voix aussi réjouie que s'il avait rendez-vous avec Sophie Marceau pour un tête-à-tête :

— On y va quand, Charlot ?

Première réflexion : son appel confirme que sa mémoire fonctionne. Il veut impérativement m'envoyer au casse-pipe. Inutile d'espérer que la mission suicide passe aux oubliettes, tant que je ne serai pas accroché dans le vide comme un saucisson à sa ficelle, il me harcèlera. Merci.

Seconde réflexion : pourquoi a-t-il dit « on » ? Je lui ai posé la question : *« C'est qui, "on" ? »*

— Ben, c'est moi ! a-t-il répondu. Qu'est-ce que tu croyais ? Que j'allais te laisser y aller tout seul ? Moi aussi, je veux m'éclater !

M'éclater. Voilà ! C'est ça le mot que je cherchais. Quand on jette une tomate dans le vide, elle tombe et elle éclate. Je suis une tomate de 75 kilos. Je vais chuter à la vitesse de la lumière pour finir en coulis. Splaaatch !

Une grande interrogation me taraudait l'esprit : pourquoi mon pote se réjouissait-il de participer puisque personne ne l'y obligeait ? Puisque personne ne lui avait offert un cadeau pourri ? Qu'est-ce qui pousse un être humain normalement constitué à désirer sauter dans le vide de son plein gré ? Qu'est-ce qui motive mon copain à la con, de décider, seul, en son âme et inconscience, qu'il aspire profondément à être une tomate qui splatche. Il est tomato-convaincu. Enfin, lui il est tomato-con et moi je suis tomato-vaincu.

C'est ainsi que moi, Charles Buzart, flic et meilleur distributeur de contredanses du département, je me retrouve un jour du mois de mai, perché sur le plus haut pont de France. Le pont de l'Artuby dans les gorges du Verdon. 182 mètres. Cent quatre-vingt-deux mètres ! Un immeuble de soixante étages. Pour avoir une idée, ce serait comme courir le deux-cents mètres, mais à la verticale ! Inutile de dire que dans ce sens-là, on galope. Ça ne m'étonnerait pas que je batte le record du monde.

Le jour de ma mort programmée, nous étions sur place, avec mon pote et toute la bande. Ah bah oui, pour que ce soit plus marrant, mon copain avait invité tous mes amis et collègues, impatients de voir de quelle manière j'allais me transformer en hachis. Pourquoi irais-je me suicider en cachette quand tout le monde peut en profiter pour rigoler ?

Ils étaient dix, ou vingt, ou cent, je ne sais pas exactement, mais ils étaient beaucoup. Beaucoup trop. Comme pour des obsèques, sauf que je n'étais pas mort. Pas encore. Ils anticipaient. Ils répétaient la cérémonie.

Dans le temps, lorsqu'on tranchait la tête des sorciers sur la place publique, tout le village admirait. Aujourd'hui, pareil, personne ne veut rater l'évènement. Ils avaient apporté leurs pliants pour attendre sans se fatiguer, un sandwich et des chips pour s'occuper et une citerne de café pour rester éveillés.

Les mômes se goinfraient de glaces et de fraises Tagada. Ça riait, ça bouffait, ça parlait, c'était la fête. Ils s'éclataient que j'explose. Ils jubilaient de me voir grimper sur l'échafaud. Personnellement, je respirais beaucoup moins la joie de vivre. J'étais incapable de faire entrer quoi que ce soit dans mon estomac. Au contraire, je suis allé huit fois vomir mes dix derniers repas derrière un bosquet. Mon inconscient imaginait sans doute qu'avec le ventre creux, je serais moins lourd, donc je tomberais moins rapidement.

Toute cette foule rassemblée pour me voir, c'était vachement impressionnant. Trois m'ont demandé un autographe (qui prendra de la valeur lorsque je ne serai plus de ce monde) et une fille que je ne connaissais même pas, m'a donné son numéro. Pourquoi faire ? Pour que je l'appelle de l'au-delà ?

Ma mère, oui, ma propre génitrice, était venue également. Elle m'a dit les yeux dans les yeux qu'elle était fière de moi, qu'elle ne m'aurait jamais cru si courageux. Comment une maman peut-elle se flatter de regarder son rejeton chéri se transformer en sauce tomate ?

Bien entendu, chacun de ces invités tenait son téléphone en main, prêt à filmer pour immortaliser l'évènement. Ce n'est pas tous les jours qu'on a un ami qui se jette d'un pont de 182 mètres.

J'ai eu beau retarder, détacher puis rattacher mes lacets trois fois, dire que j'avais envie de faire pipi, boire un coup, appeler mon notaire pour qu'il rédige mon testament, embrasser ma femme avec des larmes dans les yeux, mes enfants que je ne verrai pas grandir, le chien, le chat et toute la tribu alentour, je n'ai gagné qu'une demi-heure. Pas plus. Puis, l'instructeur a lancé : « À qui le tour ? »

— À toi l'honneur mon Charles, a dit mon pote, c'est ton cadeau.

Moi en premier ? Ah, mais non. Ah, mais non, mais non, mais non ! Je suis bien élevé, je laisse passer les autres avant. Vas-y, après toi, je n'en ferai rien. Fais-toi plaiz !

— Pas question, a-t-il répondu. C'est ton anniv, c'est toi qui t'écrases le premier ! Je déconne, c'est toi qui *plonge* le premier.

Il a rigolé. Il supposait certainement que son humour de merde me rassurerait.

Le gentil moniteur m'a mis une sorte de harnais, le même que pour dresser les pitbulls. Sans doute pour ne pas que je le morde. Il n'avait pas tort, j'étais tellement énervé que j'aurais bouffé n'importe qui. Puis je suis monté sur le petit pont accroché au parapet. Comment expliquer ? Quand on dit que 182 mètres c'est haut, eh bien... vu du dessus, c'est plus haut que haut. L'instructeur m'a regardé avec un sourire que j'ai trouvé sadique et a prononcé quelques mots. Je n'ai rien compris. Le bruit du vent ? Le stress ? Le brouhaha ? Les trois ? Il a répété : « Tu es prêt, tu le sens ? »

Il est con lui ! Depuis que j'ai ouvert mon cadeau, je ne le sens pas. Ce n'est pas maintenant que je suis devant un vide de cent quatre-vingt-deux mètres que je vais chanter la danse des canards et secouer le bas des reins en faisant coin-coin !

Il a ajouté, « Tu verras, le paysage est magnifique ». Je lui ai dit que, un, mourir au milieu d'un paysage magnifique était la dernière de mes ambitions, et deux, que je ne pourrais pas l'apprécier puisque la purée de midi me remontait dans les yeux avec les saucisses dans les narines.

Mes collègues, imbibés à outrance de boissons frelatées, hurlaient en rythme : Bu-zart ! Bu-zart ! Bu-zart ! J'avais envie de répondre : Ta-gueule ! Ta-gueule ! Ta-gueule !

Le moniteur a commencé à compter. 1, 2, 3... J'aurais aimé qu'il continue jusqu'à mille, mais *a priori* ça ne se fait pas. Il a crié « 4 » avec une intonation qui ne laissait planer aucun doute : 4 égale go ! Et il a ajouté : « Vas-y, éclate-toi » !

Quand est-ce que tout le monde va arrêter de me dire de m'éclater ?

La pauvre tomate s'est concentrée et a avancé. Avec autant d'enthousiasme qu'un mouton qui visite un kebab. Millimètre par millimètre. Bien sûr, les autres : « Mais qu'est-ce que tu fous ? Plus vite, Charlot ! Ah, si c'était moi, comment je n'hésiterais pas ! ». J'avais envie de hurler : « Fonce mon pote, je te laisse la place puisque tu es si malin ! » Mais je ne pouvais pas parler, un embouteillage de purée me bouchait l'œsophage.

Il paraît qu'à l'instant de sa mort, toute sa vie défile. Moi, à l'instant de ma vie, c'est ma mort que j'ai vue en cinémascope. Avec les portraits de toutes les têtes de con qui m'ont offert ce cadeau empoisonné. Si, un cadeau qui tue, on peut dire qu'il est empoisonné. Je n'ai pas eu le choix, j'y suis allé. À moins que quelqu'un m'ait poussé ?

Certains se précipitent en avant, façon plongeoir à la pistoche, d'autres gesticulent, d'autres rigolent, d'autres font le saut de l'ange, d'autres des saltos, moi, je me suis jeté dans le vide comme on balance un sac de patates. Je tombais en cherchant à remonter, je pédalais dans l'air, je m'agrippais aux nuages. J'ai hurlé aussi. Fort. Très fort. Sur dix kilomètres à la ronde, les oiseaux se sont envolés. Aux dernières nouvelles, ils auraient migré en Afrique du Sud.

La durée d'une chute de 182 mètres c'est quelques secondes. Deux, cinq, dix, je ne sais pas, franchement je n'avais pas le cœur à regarder ma montre. On va dire sept secondes, c'est une bonne moyenne.

Sept secondes, c'est le temps que met le chimpanzé pour éjaculer. C'est très rapide, mais pour un être humain suspendu à un fil, c'est largement suffisant. En comparaison, l'orgasme du cochon dure trente minutes. Qui a envie de flotter dans le vide pendant une demi-heure ? En fait, sept secondes, c'est le chiffre fourni par le chronomètre. Sauf que c'est comme la température, celle qui est affichée ne correspond pas à celle ressentie. Dans mon cas, j'ai compté une heure et quart.

J'ai poussé un soupir de soulagement arrivé au bout du trajet. Arrivé est un bien grand mot, parce que, quand on touche le bas, on remonte. Assez violemment, je dois dire. On remonte et on retombe, et on remonte, et on retombe. Ce n'est pas un saut à l'élastique, c'est un panier à salade dans une centrifugeuse à vingt mille tours. Ensuite, le corps enchaîne sur un mouvement de balancier. Bringuebalé d'avant en arrière pendant une heure et quart de plus.

Lorsque j'ai posé les pieds sur la terre ferme, je me suis détendu. Et puis j'ai vomi sur mes pompes, pour me relaxer. Mes copains, mes copines, mes collègues, ma femme, ma mère, sont venus me féliciter. C'est la première fois qu'on me congratule parce que je gerbe sur mes chaussures. Ils m'ont dit qu'ils étaient fiers de moi. Je leur ai répondu que je n'étais pas fier d'eux.

Ensuite, je suis rentré chez moi, comme un zombie, sans trop savoir si j'étais sur la même planète qu'au départ. Je me suis calé dans un fauteuil et je me suis juré que si on m'offrait encore un cadeau semblable, j'écorchais vif le mec qui en aurait l'idée. Une joyeuse farandole de P.-V. multicolores dansait autour de moi sur une guillerette mélodie tandis que je sautillais, nu, suspendu à un élastique. Puis je fus secoué brutalement, la musique disparut, remplacée par la voix de ma femme.

— C'est l'heure, Charles ! disait-elle.

L'heure de quoi ?

— Réveille-toi, tout le monde t'attend !

Tout le monde ? TOUT LE MONDE ?! Je soulevai mes paupières, il fallut quelques secondes pour que se dissipe mon sommeil. Et puis j'ai compris. Je n'avais pas vécu mon saut à l'élastique, je l'avais rêvé. Autour de moi, mes potes trépignaient. Pour eux, c'était le grand jour, pour moi, le cauchemar commençait…

Charles Buzart agita la tête plusieurs fois comme si cela pouvait chasser ce traumatisme. Oh, bien sûr, celles qui kiffent ce sport extrême associées à ceux qui ne s'y sont jamais risqués ne manquaient pas de lui rappeler qu'il n'avait pas été à la hauteur. Quoique, 182 mètres, c'en était une belle, de hauteur.

Il n'était pas sportif, et alors ? Tout le monde ne peut pas aimer courir, sauter, cabrioler, foncer et encore moins se jeter dans le vide. D'autant que, dans son cas, toute forme d'action se concluait inévitablement par des chocs, bosses, contusions et autres fractures.

Ses copains lui affirmaient que non. Pour lui, ça ne faisait aucun doute. Il accumulait les preuves. Charles s'était cassé l'index en tombant de vélo, luxé le genou dans un jeu de réalité virtuelle et fêlé trois côtes en chutant dans son escalier…

07

LA POLITESSE EST UN PLAT
QUI SE MANGE

Comme tous les matins, le brigadier Charles Buzart s'était levé d'excellente humeur. La perspective d'ajouter quelques trophées P.-V. à son tableau de chasse le réjouissait.

Comme tous les matins, il avait pris sa douche en chantonnant. Aujourd'hui, tournait en boucle dans sa tête, *« Rachel, Rachel, si les p'tits cochons te mangent pas ! »*. Une chanson de François Béranger, un artiste qui avait enchanté le jeune chevelu qu'il fut à une lointaine époque.

Comme tous les matins, il avait avalé son petit déjeuner (pain grillé, confiture de reine-claude, café noir) en écoutant la radio. Ce sera une journée dans les normales saisonnières, avait annoncé madame Météo avec une voix brouillardeuse.

Son humeur bascula en même temps que lui sur le palier. L'incident bête. Il trébucha dès la première marche et descendit tout un étage sur le ventre. Il avait déchiré son blouson et s'était fait horriblement mal.

Comme tous les matins, Véronique Bourdal, dite Véro, s'était levée en retard.

Comme tous les matins, elle avait pris sa douche en râlant, car elle n'y avait plus de savon, ou de gel, ou de shampoing, peu importe, il manquait quelque chose. En fait, c'était la serviette qu'elle n'avait pas prévue, elle avait dû retourner trempée dans la chambre en chercher une propre.

Comme tous les matins, elle n'avait pas avalé de petit-déjeuner. Elle n'avait ni le temps et encore moins de café, de lait et de pain dans ses placards. Elle se contenta d'une pomme à moitié croquée la veille pour manger durant son trajet.

Son humeur ne bascula pas, elle était déjà abattue et s'effondra un peu plus encore lorsqu'elle rata son bus de quelques secondes. Elle devait poster un courrier puis passer chez son médecin avant de rejoindre son boulot. Tant pis, elle irait à pied. Donc elle arriverait à la bourre et se ferait engueuler. Par chance, il ne pleuvait pas, c'était une journée dans les normales saisonnières.

Première étape, La Poste. Où était-elle ? Elle n'y avait jamais mis les pieds.

— Vous savez où est La Poste ? demanda Véro à la première personne qui croisa son chemin.

Qu'est-ce qu'elle me veut, elle ? s'interrogea Charles (car ce fut lui, la première personne qui croisa la route de Véro). *J'ai super mal à cause de ma chute dans l'escalier et elle me pose une question au milieu de la rue. On ne peut plus être tranquille.*

— Vous pourriez dire bonjour, répondit-il.

— Excusez-moi… euh… Bonjour, Monsieur ! vous savez où est La Poste ?

— Et « s'il vous plaît », c'est pour les chiens ?

— Euh, oui… pardon… euh… Vous savez où est La Poste s'il vous plaît bonjour Monsieur ?

La douleur lui tiraillait les côtes, il n'arrivait plus à se tenir droit. S'il n'était pas dans la rue, il se plierait en deux, il avait l'impression

61

que ce serait la seule position dans laquelle il se sentirait bien. Ou mieux.

— Je n'ai rien compris.

— Hem… Bonjour, Monsieur, vous savez, non… savez-vous où est… non… où se trouve La Poste, non… le bureau de poste ?

— Vous n'êtes pas simple, vous. Vous ne pouvez pas parler avec des phrases concises comme tout le monde ? Ce n'est pas compliqué. On ne vous a jamais appris, sujet, verbe, complément ?

Au moindre mouvement, il ressentait une douleur intense. Pour lui, ça ne faisait aucun doute, il s'était fêlé une côte. Peut-être même deux. (en fait, ce fut trois, il le découvrit plus tard.)

— Non, enfin si, c'est parce que vous, je… bon, on est partis sur de mauvaises bases. Oublions. Je m'éloigne et je recommence à zéro.

Véronique marcha quelques mètres. Croyant qu'elle s'en allait, Charles reprit son chemin à petits pas.

— Restez ! cria-t-elle.

— Pourquoi ?

— J'ai un renseignement à vous demander.

— Comment pourrais-je le savoir ?

Même parler lui faisait un mal de chien. Les côtes, c'est super douloureux, son pote Patrice lui avait raconté. Un jour, à moto-cross, il roulait trop vite dans une forêt. Il n'avait pas vu un trou assez profond ; le temps qu'il réagisse, trop tard, sa roue s'était coincée dans une ornière, il avait basculé par-dessus la bécane qui lui était retombée sur le thorax. Deux côtes écrabouillées.

— Je vous l'ai dit il y a trois secondes, dit Véro qui ne réalisait pas combien son interlocuteur souffrait.

— Vous m'avez sorti une phrase sans queue ni tête, j'ai cru que vous n'aviez pas toute votre raison.

— Vous êtes compliqué, vous !

— Vous m'insultez ?

— Mais non, vous êtes… enfin, vous n'êtes pas simple.

J'aimerais bien la voir, elle, avec la cage thoracique déglinguée, pensa Charles. *J'imagine que si je lui raconte que je suis blessé, elle va considérer que j'exagère. Les femmes ont décidé une fois pour toutes que les hommes étaient douillets.*

— Vous ne me connaissez pas et vous vous permettez de me juger ? Où va-t-on mais où va-t-on ?

— Puisque vous en parlez, personnellement, j'aimerais me rendre à La Poste et je me demandais, ou plutôt, je vous demandais si vous étiez au courant de l'endroit où elle se trouve.

— Vous pourriez dire bonjour !

— Excusez-moi... euh... Bonjour, Monsieur ! vous savez où est La Poste ?

Les hommes douillets ! C'est quoi, ces stéréotypes ? Est-ce qu'un scientifique, un vrai, pas un youtubeur qui se prend pour Einstein, a expérimenté la chose ? Quelqu'un qui aurait cassé les côtes d'un mec et d'une nana pour comparer leurs réactions ? Personne. Alors, arrêtons de généraliser. Personne n'est douillet, tout le monde est douillet.

— Et « s'il vous plaît », c'est pour les chiens ?

— Euh, oui... pardon... euh... Vous savez où est La Poste s'il vous plaît bonjour Monsieur ?

— Nous avons eu une conversation similaire il n'y a pas trois minutes.

— Vous êtes sûr ? Bon, OK, je vous fais confiance. Que m'avez-vous répondu ?

Je suis peut-être douillet, mais je ne perds pas la boule, ruminait Charles. *Elle m'a dit que j'étais douillet ou pas ? Non, je ne crois pas, avec cette douleur, je mélange tout. Il faut que je me débarrasse d'elle et que j'aille voir un médecin.*

— À quel sujet ?

— La Poste.

— Et ?

— Vous savez ?

— Quoi ?

— Où il se trouve ?

— Qui ?

— Le bureau de poste ?

— Non, je ne sais pas ! Au revoir, Madame.

Bon débarras, elle m'a saoulé avec ses questions ! se dit Charles.

Il s'en fichait de La Poste, sa priorité, c'était de dénicher un toubib assez proche, il ne connaissait rien, ici. Il se dit qu'il aurait dû interroger la nana qui l'avait importunée, peut-être aurait-elle pu l'aider. Dommage.

Véronique était bien trop loin maintenant pour qu'il coure lui demander. Surtout qu'il n'était pas en état de courir.

*
**

Bien sûr que Véronique Bourdal savait où trouver un médecin puisqu'elle avait rendez-vous chez le sien. Mais d'abord, poster des papiers d'assurance dont elle reportait la réexpédition depuis des mois. Sans raison valable, juste un peu de flemme et beaucoup de procrastination.

C'est une vieille dame désœuvrée qui se fit un plaisir d'indiquer à Véro où était le bureau de poste. Quand on s'ennuie dans une retraite monotone, on saisit toutes les occasions de parler à un autre être vivant que son chat.

En revenant de sa visite quotidienne à la boulangerie, la vieille dame accompagna Véro en échange d'une oreille attentive à ses petits tracas. L'an passé, elle s'était cassé le col du fémur et l'humérus en allant consulter le docteur Leblond avec qui la jeune femme avait précisément rendez-vous.

— Vous lui transmettrez le bonjour de madame Roucheron, dit la mamie.

Le nom rejoignit dans sa petite tête mille autres infos qui y flottaient. C'était sans importance, l'essentiel étant qu'elle arrive presque à l'heure, il y avait rarement foule dans la salle d'attente.

08
AU SECOURS, TOUT VA BIEN !

Lorsque Félix Leblond obtint son diplôme de médecine générale, il estimait être au premier étage de l'ascenseur social. Il se voyait créer un important Centre Médical, regroupant diverses spécialisations, dont la réputation s'étendrait dans tout le département. Voire au-delà s'il en gérait finement la communication. La com' comme disent les Parisiens.

Mais attention, il ne voulait pas, tel le Docteur Knock, le célèbre personnage de Jules Romains, être obligé de faire croire à chaque patient que « *tout bien portant est un malade qui s'ignore* » dans le seul but d'égayer ses journées professionnelles. Il désirait des mal portants, des vrais. Quels que soient leurs syndromes, ils devaient le consulter avec la certitude d'être soignés par un praticien réputé infaillible.

Il aurait été, bien sûr, l'épicentre de l'établissement, le messie fondateur, l'âme intrinsèque. Il n'aurait pas dédaigné qu'on le salue dans la rue, qu'on lui offre quelques menus cadeaux en récompense des miracles qu'il accomplissait quotidiennement et même, il doit bien l'avouer, qu'on lui propose une place au Conseil Municipal. Après tout, si la ville était en bonne santé, ç'aurait été grâce à lui.

Manque de chance, il s'installa dans une agglomération où les malades, y compris les plus modestes, ont une fâcheuse tendance à charrier la poisse.

Son premier tracas survint en la personne de monsieur Bridin. Il vint le voir pour un rhume vaguement tenace, qu'il s'évertua à disperser dans la salle d'attente en éternuant bruyamment cinq ou six fois durant le quart d'heure où il patienta. Résultat, il contamina la totalité des personnes présentes, lesquelles s'empressèrent de répandre partout que le cabinet était infesté de microbes.

Quelque temps plus tard, madame Roucheron, une vieille femme souffrant d'un classique mal de dos trébucha à l'entrée de son bureau. Non pas sur une marche, mais sur une bête barre de seuil d'à peine trois millimètres d'épaisseur. Fracture du col du fémur et de l'humérus suffirent à propager une rumeur sur la dangerosité du lieu.

Enfin, c'est un enfant, le petit Maxou, superficiellement blessé au genou qui déposa la cerise sur le gâteau. Il hurlait à la mort dès que le docteur approchait son coton de désinfectant à moins de vingt centimètres de l'écorchure. Le médecin fut obligé de demander à la mère angoissée de s'en occuper elle-même, afin de rassurer son douillet marmot. Elle accepta de mauvais cœur et n'apprécia pas de devoir malgré tout payer une consultation. « Vingt-cinq euros pour un bout d'ouate et du mercurochrome », cancanait-elle à tout le voisinage.

Contaminé, dangereux, voleur, ces trois qualificatifs eurent tôt fait de vider son carnet de rendez-vous. Le docteur se retrouva à faire le pied de grue sur le pas de sa porte dans l'espoir de voir un malade en franchir le seuil. Seul dans son bureau, les journées étaient longues. Pour briser la solitude, il avait installé un squelette humain qu'il avait prénommé Athanase, le prénom de son grand-père, à côté de son fauteuil. Athanase n'était pas bavard mais apte à écouter le docteur se lamenter.

Il ne réclamait pas grand-chose, un petit bobo lui aurait suffi pour reprendre espoir. Bien entendu, si un bras cassé, une dépression chronique ou une tumeur maligne frappaient à son bureau, il retrousserait ses manches et afficherait l'air soucieux du praticien préoccupé par le mal qu'il doit combattre.

Aussi, quand Véronique Bourdal entra dans son cabinet, il l'accueillit avec un immense sourire et une certaine tranquillité. Elle ne risquait pas d'être contaminée, la salle d'attente, vide, était aérée depuis deux semaines. Il veilla scrupuleusement à ce qu'elle lève le pied suffisamment haut pour ne pas trébucher lors du franchissement de la porte, et ainsi éviter une écorchure dont elle craindrait les soins. Elle parvint sans encombre à la chaise sur laquelle il la fit assoir. Pour lui montrer son sérieux, il commença à remplir une fiche en lui posant quelques questions de routine, dont il écouta les réponses d'une oreille attentive.

— Que puis-je pour vous, chère Madame ?

— Rien !

Tiens donc, se dit-il, voilà qui n'est pas commun. Je reçois parfois des malades imaginaires qui simulent une vague toux pour obtenir un arrêt de travail, mais une personne qui me jette sa bonne santé à la figure, c'est une première. Une première qui ne manque pas de culot, maintenant les bien portants viennent me narguer dans mon cabinet ! Creusons un peu.

— Comment ça, rien ? Vous m'inquiétez. Donnez-moi quelques précisions, s'il vous plaît.

— C'est simple, Docteur, je me sens bien, parfaitement bien.

— Même pas un petit mal de crâne ?

— Jamais. Et du plus loin que je me souvienne, je n'ai jamais eu la moindre migraine.

— C'est étrange…

Ça commence bien, pensa-t-il, *encore une folle. Que faire ? Lui conseiller d'aller se faire voir chez Plumeau ?*

Baptiste Plumeau, son confrère à l'autre bout de la ville. Sûrement pas, pour une fois qu'une patiente pénétrait son cabinet, il se devait d'en tirer le maximum. Non pas dans un intérêt pécuniaire, mais pour meubler son temps trop libre. Un petit raclement de gorge, il repartit :

— Au niveau digestif ? Jamais de troubles ?

— Non…

— Des dérangements ?

— Non.

— Des flatulences ?

— Oh non ! Vous savez, je peux manger ou boire n'importe quoi, mon estomac absorbe tout sans aucun problème.

La réponse ne le surprit pas, jamais un de ses patients n'avait reconnu émettre des pets. À les entendre, aucun ne flatulait, alors que c'est une évidence médicale, tout le monde proute. Eh oui. Et même une vingtaine de fois par jour. Silencieusement, la plupart du temps (heureusement), mais la réalité est là.

— Vous allez à la selle ?

— En vacances seulement, sur la plage, j'adore.

— Ce n'est pas hygiénique, les déjections sur le sable…

— Je ramasse, le crottin de cheval est excellent pour les tomates.

— Je les préfère en vinaigrette. Pourquoi dites-vous « de cheval » ?

— Vous m'avez demandé pour la selle.

— Erreur ! Je parlais de la selle, les waters…

— Effectivement, erreur. Pour ça, non, pas sur la plage. J'y vais tous les matins, je suis réglée comme une horloge

— En ce qui concerne les articulations, les muscles… Des douleurs ? De la fatigue ?

— Jamais. C'est simple, on pourrait croire que mon corps est dépourvu de ces organes, tellement je les oublie.

Le docteur Leblond déplaça discrètement sa jambe gauche. Lui, par contre, il sentait son genou le travailler. Dès que le temps était à l'humidité, son ménisque lui faisait un mal de chien.

— C'est impossible, voyez-vous. Tous ceux qui souffrent vous le confirmeront, l'être humain est constitué de chair, os et autres organes dont je vous décharge de la fastidieuse énumération. Même pas de douleurs après un effort ?

— Certainement pas !

— Et votre dos ? De temps en temps, vous devez bien avoir mal au dos, tout le monde s'en plaint. Moi, par exemple…

— Vous, peut-être, moi, non, jamais.

Le médecin jeta un œil rapide sur la fiche de sa patiente. Cinq ans de plus que lui et pas la moindre douleur lombaire. Quelle santé insolente !

— D'accord, d'accord... Donc, la digestion, ça va, la mécanique, ça va, la tête, ça va... ah oui, au niveau problèmes de peau, eczéma, irritations, boutons divers ?

— Rien à signaler de ce côté non plus.

D'un geste machinal, le docteur se frotta le long du bras. Parler de démangeaisons lui en procurait. Quand il vit les yeux de madame Bourdal fixer son grattement qu'il aurait espéré discret, il arrêta immédiatement.

— OK, OK... Votre moral ? Vous passez par des hauts et des bas, je suppose, des moments où vous êtes calme, d'autres moins...

— Vous voulez savoir si parfois je m'énerve ? Non, docteur, je suis d'humeur égale trois cent soixante-cinq jours par an.

— Même les années bissextiles ?

— Même.

Je vais t'annoncer un cancer généralisé, moi, on verra si tu ne deviens pas anxieuse !

Sa patiente commençait à grandement agacer Félix Leblond.

— Est-ce que vous prenez des médicaments ?

— Une fois, j'ai acheté un tube d'aspirine, pour faire comme tout le monde, mais je ne l'ai jamais ouvert. Il doit être périmé maintenant.

— Même pas quelques vitamines ?

— Si, bien sûr...

— Aaaah, quand même ! dit-il dans un profond soupir de soulagement.

— Je bois un jus d'orange de temps en temps et je mange des légumes à chaque repas.

Décidément, cette femme avait le don de le contrarier. Qu'est-ce qu'elle voulait lui faire croire ? Que son hygiène de vie parfaite la mettait à l'abri de toute défaillance corporelle ? Plus les minutes passaient, plus il était agacé. C'était maintenant un défi qu'il devait gagner : lui trouver un problème, n'importe quoi, mais pas question qu'elle reparte le sourire aux lèvres.

— Je vois, je vois, dit-il en se levant. Vous permettez, je vais mesurer votre tension. Relevez votre manche...

Il prit son poignet, plaça le tensiomètre et afficha une mine exagérément concentrée. Quelques pressions sur la poire (les appareils électriques, non merci, très peu pour lui, ils ne lui inspirent pas du tout confiance) puis il annonça avec une énorme pointe de déception dans la voix : 12/8.

— Et ? s'inquiéta la patiente. C'est beaucoup ?

— C'est tout à fait dans la norme. On ne peut pas rêver mieux.

Cette fois, c'en était trop. Des balbutiements de Knock naissaient en lui. Il devait planter en elle le germe de la préoccupation. Pour qui se prenait-elle, celle-là, pour une immortelle ? Il se racla la gorge, comme il l'avait vu faire dans des séries médicales, quand le toubib de l'hôpital doit annoncer une mauvaise nouvelle.

— C'est bien ce qui me soucie. Vous avez passé un électrocardiogramme récemment ?

— L'année dernière. Le cardiologue n'a rien remarqué. J'ai également fait un encéphalo, une coloscopie, une fibroscopie, une...

— D'accord, d'accord, l'interrompit-il. Décidément... C'est plus inquiétant que je ne l'estimais... je ne vais pas y aller par quatre chemins, il va falloir être forte, très forte...

Il avait prononcé ces derniers mots en se rasseyant à son bureau, comme si le poids de l'information lui était trop lourd à porter.

— Je vous écoute, docteur, je peux tout entendre...

Cette fois, le courage de madame Bourdal vacillait, la citadelle imprenable de sa bonne santé chancelait.

— Vous êtes dans une forme éblouissante. La machine est comme neuve.

— Je m'en doutais. J'en ai parlé à mon frère avant de venir. Tu vas voir, il va m'annoncer que tout va bien, je lui ai dit. On les sent ces choses-là.

— Vous avez des antécédents dans votre famille ?

— Ma mère et ma grand-mère sont comme moi.

— Hmm hmm hmm…

C'est son professeur de biologie cellulaire qui lui avait enseigné la technique du «Hmm hmm hmm», qu'il nommait d'ailleurs la Hmm hmm hmmisation. « *Quand vous hésitez, pour couvrir le fait que vous cherchez vos mots, murmurez "Hmm hmm hmm" en prenant un air absorbé, vous aurez ainsi le temps de trouver la bonne formule* », avait-il recommandé.

— C'est grave, Docteur ?

Son prof avait ajouté : « *N'oubliez pas que vous représentez l'autorité médicale. Personne n'osera troubler votre réflexion* ». Personne, sauf madame Bourdal, bien entendu, qui demande si c'est grave. Elle ne sait donc pas que c'est au médecin de décider de la gravité d'une affection ?

— Grave, grave, je ne voudrais pas vous alarmer, mais oui, quand même…

— Il me reste combien de temps ?

— C'est difficile à estimer… Je dirais une quarantaine d'années. Cinquante, peut-être…

Elle s'affaissa brusquement. Ces quarante, voir cinquante années s'abattaient sur ses épaules tel un sac de ciment humide. La fière Véronique Bourdal perdait de sa superbe. Finie l'arrogance, elle était un être humain comme les autres, avec ses faiblesses.

— Cinquante ans !... Si je m'attendais… murmura-t-elle.

— Vous pratiquez un sport ?

— Oh non, je n'aime pas ça.

— Continuez ainsi, aucune activité physique, mangez n'importe quoi, négligez votre corps, avec un peu de chance, vous attraperez un sale truc qui vous démolira !

— Si vous pouviez dire vrai !

— Rentrez chez vous, tâchez de ne pas y penser, et vous ne verrez pas passer ces cinquante années.

Le médecin se leva pour inciter sa patiente à faire de même.

— Merci, dit-elle d'une voix chevrotante en se dirigeant vers la sortie.

71

— Vous avez bien fait de venir. Plus on diagnostique tôt un excellent état de santé, plus vous multipliez les chances de tomber malade. Je vous laisse régler auprès de ma secrétaire. Bonne journée.

— Au revoir, docteur. Ne pas y penser ! Il est marrant lui, ce n'est pas si facile d'oublier qu'on a mal nulle part !

Le médecin se frotta les mains avec la satisfaction du devoir accompli. Parvenir à convaincre qu'une constitution de fer chronique est une pathologie comme les autres, voire pire, il n'était pas mécontent de son œuvre.

Le Docteur Knock n'était qu'un petit joueur !

Il se recoiffa devant le miroir.

Depuis qu'il avait reçu Véronique Bourdal et sa santé de fer en consultation, la situation professionnelle du docteur Félix Leblond s'était grandement améliorée.

En quelques mois, peut-être même quelques semaines seulement, son cabinet disposait désormais d'une patientèle régulière et bien portante. On venait d'assez loin lui raconter absence de bobos, manque de douleurs et autres symptômes flagrants de non-maladie. Ses affaires prospéraient, car les personnes en parfaite santé étaient beaucoup plus nombreuses qu'il ne l'aurait cru. Y compris parmi celles et ceux qui s'imaginaient être souffrants, dont une grande proportion, en fait, se révélait être en excellente condition physique.

Les gens bien portants aussi ont besoin de se confier, de rencontrer quelqu'un qui les écoute, qui les rassure, qui les réconforte. Il leur disait qu'ils n'avaient rien à craindre, qu'aucune insuffisance ne viendrait troubler leur vie harmonieuse et qu'ils pouvaient repartir rassurés… et revenir le consulter régulièrement afin de vérifier qu'ils pétaient toujours la forme…

09
MON MARI EST UN CON

Lorsqu'on l'interrogeait sur les raisons de sa réussite, le docteur Leblond n'y allait pas par quatre chemins : si les gens étaient mal en point, c'était la faute du vocabulaire.

— Regardez dans le dictionnaire, disait-il, vous tomberez sur des dizaines de synonymes pour parler d'un malade : indisposé, incommodé, patraque, mal fichu, mal foutu, égrotant, dolent, H.S., incurable, contagieux, et j'en passe. Sans parler des termes spécifiques liés à chaque affection : diabétique, hémophile, cardiaque, catarrheux, etc, etc. Maintenant, cherchez les équivalents de bonne santé, que trouvez-vous ? Bien portant, convalescent, en pleine forme, et ? Et ? Et RIEN ! C'est tout, point. Trois pages contre trois mots. Comment voulez-vous que le monde se sente au top ? Ma mission consiste donc à redonner à la santé florissante la place qu'elle mérite.

Sa spécialisation avait accompli son chemin comme une traînée de poudre. On venait le voir de très loin pour apprendre qu'on n'avait nul besoin de se soigner. D'autant qu'il était l'unique représentant au niveau national de cette spécialisation.

Il se permit de doubler le tarif de ses consultations et de s'offrir la nouvelle Mercedes hybride cabriolet, avec toutes les options. Voiture qu'il garait fièrement devant son cabinet, pour que ses visiteurs aient conscience de sa réussite.

Sur la droite de sa porte d'entrée, il avait fait apposer une plaque dorée sur laquelle on pouvait lire :

DOCTEUR FÉLIX LEBLOND
SPÉCIALISTE DES GENS QUI NE SONT PAS MALADES
EXPERT ES BONNE SANTÉ CHRONIQUE
SUR RENDEZ-VOUS

Alicia Sulpice esquissa une moue impressionnée en lisant la plaque.

Elle était arrivée par le train de 9 h 45 après un voyage de près d'une heure, elle espérait beaucoup de ce rendez-vous. Lorsqu'il la fit asseoir dans son bureau dépourvu de la moindre trace de médicamentation, elle eut la certitude que le docteur Leblond était l'homme de la situation.

— Je viens vous consulter parce que mon mari est con, dit-elle avec l'aplomb de celle qui est convaincue d'avoir raison.

— Tout d'abord, comment s'appelle-t-il ?

— Sulpice. Nicolas Sulpice. Pas « Supplice », il ne supporte pas qu'on écorche son nom.

— Vous disiez donc qu'il était con. Vous en êtes sûre ? demanda le médecin.

— Certaine, c'est un vrai con.

Le docteur Leblond posa son menton dans sa main, ou sa main sur son menton (comment faire la différence ?). Ce cas nouveau l'intéressait au plus haut point.

— Depuis longtemps ? dit-il en plissant les yeux.

— C'est difficile à savoir, au début de notre mariage, je ne m'en rendais pas compte, j'étais amoureuse, sur un petit nuage, je ne remarquais pas ses défauts.

— Donnez-moi les indices qui vous laissent présumer que votre conjoint, en un seul mot, est désormais un con.

Alicia se dit que le meilleur moyen de convaincre ce praticien était de lui montrer la photo de celui avec qui, à son grand regret, elle partageait sa vie.

— Regardez sa tête. En vieillissant, il a l'œil vide, le cheveu filasse, la peau flasque, d'après ce que j'ai lu sur Internet, ce sont des signes qui ne trompent pas.

— Vous savez, sur le Net, on lit tout et n'importe quoi.

Le docteur n'aimait pas que sa patientèle se renseigne sur des sites à la fiabilité douteuse. D'autant que certains étaient susceptibles d'expliquer aux malades qu'ils ne l'étaient pas. Il n'avait pas galéré aussi longtemps pour que des charlatans lui piquent sa clientèle.

— Mon mari passe sa vie sur Internet, c'est bien la preuve qu'il s'y sent dans son élément.

— C'est un signe, en effet, répondit le médecin satisfait de la tournure que prenait la conversation. Néanmoins, tous les internautes ne sont pas des cons. Moi, le premier...

— Vous allez sur le Net ?

— Bien sûr, et pourtant je ne suis pas un imbécile, je vous le certifie.

— Je veux bien vous accorder le bénéfice du doute.

— Merci... De plus, comme vous le savez, le monde compte quatre milliards d'utilisateurs d'Internet, ça ferait beaucoup de cons. Beaucoup trop, oserais-je dire, on frôlerait l'asphyxie.

Le docteur prit son bloc-notes et le stylo Montblanc qu'il s'était offert pour son millième non-malade. La visite de cette dame lui ouvrait de nouveaux horizons. Après s'être spécialisé sur les personnes en bonne santé, peut-être pourrait-il à présent s'intéresser également aux imbéciles en tout genre. Eux aussi jouissaient de leur lot de synonymes. Beaucoup plus que les gens pas cons. En quelques secondes, une foule de mots lui vint à l'esprit : *abruti, idiot, crétin, débile, cornichon, andouille, triple buse...*

— Revenons à votre mari, décrivez-moi les symptômes...

— Il en a tellement, je ne sais par où commencer. Par exemple, au boulot, il est gérant d'un hôtel, il humilie ses subalternes. Il rabaisse sa stagiaire, il lui met la honte devant les clients. Par contre, dès qu'il se trouve face à son directeur, il rampe, il cire les pompes, il se comporte comme, excusez-moi du terme, comme un véritable lèche-cul.

— Effectivement, c'est un signe de connerie. De méchanceté aussi. Disons de connerie méchante. D'autres manifestations de sa stupidité ?

— Avec nos enfants, il veut toujours avoir le dernier mot. C'est facile d'avoir raison avec des petits, donc il en abuse. Et s'ils lui démontrent qu'il se trompe, il leur impose de se taire, leur dit qu'ils ne connaissent rien à la vie et qu'ils l'ouvriront quand ils auront du poil au cul. Désolée pour ma vulgarité, ce sont ses propres mots.

— Effectivement, il en tient une sacrée couche !

Patate, dégénéré, âne bâté, couillon, connard, brèle, enfoiré...

— L'autre jour, c'est moi qu'il a rabaissée au supermarché. Il s'est moqué parce que j'avais acheté des petits pois dans le rayon et que je n'avais pas vu la promotion en tête de gondole (quinze pour cent sur la deuxième boîte). Il m'a traitée de nulle. Devant tout le monde.

— Que lui avez-vous répondu ?

— Je n'ai pas trouvé quoi dire, c'est difficile de discuter avec quelqu'un comme lui.

Puis lui vinrent à l'esprit tous les qualificatifs qu'on pouvait ajouter au mot con : gros, sale, vieux, complètement...

— D'autres exemples ?

— En voiture, il ne supporte pas qu'un véhicule le double. Il se met sur la file de gauche et ralentit. Et si quelqu'un le dépasse, il l'insulte ou lui adresse un doigt d'honneur.

— Il est à un stade assez élevé. Pourquoi ne m'avez-vous pas consulté plus tôt ?

— J'espérais que ce serait temporaire, que ça s'arrangerait...

— La connerie est rarement passagère, lorsqu'elle s'est installée, elle ne s'améliore pas, au contraire. Vous connaissez l'expression, il va devenir con comme un balai.

« Con comme un balai », « con comme la lune », « con comme ses pieds », « con comme une valise sans poignée »... décidément, le champ d'exploration était immense. Cette abondance le fascinait.

— Vous voulez dire que ça va s'accentuer ? Il sera de plus en plus con ? s'inquiéta la dame.

— J'en ai bien peur... Comme l'a chanté Brassens dans sa chanson *Le temps ne fait rien à l'affaire :* « Quand on est con, on est con ! ». Rien n'est plus juste, l'histoire l'a prouvé.

— Avez-vous une solution à me proposer ?

— Pour le soigner, je ne connais pas de remèdes, la seule solution que je puisse préconiser, c'est le divorce.

— Il n'acceptera jamais que je reprenne ma liberté, il est tellement con.

Le docteur se frotta les mains et regarda fixement madame Sulpice dans les yeux. Le moment était venu d'approcher le problème de manière rationnelle. S'il voulait devenir un spécialiste de la stupidité humaine, il se devait d'aborder le sujet scientifiquement.

— Combien pèse votre mari ?

— Quatre-vingt-quatre kilos.

— Donc, c'est un gros con, dit-il en notant les chiffres sur un bloc. Est-ce qu'il prend une douche tous les jours ?

— Non... Je dois reconnaître que l'hygiène n'est pas son fort...

— Donc, c'est un sale con.

Le docteur jubilait, il avait raison sur tous les points. Il se voyait déjà grand spécialiste de l'idiotie, gourou de l'imbécilité, chantre de la bêtise. À lui les consultations, à lui la Ferrari, la Porsche ou la Jaguar. Ou les trois !

— Quel âge a-t-il ?

— Cinquante-deux ans.

— D'accord, ce n'est pas un vieux con. Pas encore ! Car, c'est inéluctable, il va le devenir. Ces individus n'échappent pas au temps qui passe.

— Vous ne voyez aucune solution ? J'en ai marre de vivre avec un con.

— Si vous ne pouvez pas divorcer, je vous soumets une astuce qui ne règlera pas le problème, mais qui peut vous faciliter la vie...

Un génie ! Il était un pur génie ! Il jubilait. L'anticonnerie était en lui, c'était un don, il ne le soupçonnait pas.

Il attendit quelques secondes, faire patienter la patiente (*comme le nom est bien trouvé*, se disait-il chaque fois) renforcerait la puissance de sa prescription. Ce moment de silence lui conférait l'air intelligent. Et s'il ajoutait un léger hochement de tête inspiré, il grimpait au stade *très* intelligent, il en était persuadé. C'était plus simple que de se documenter, plus rapide que regarder les infos, moins fatigant que de lire.

— Dites, docteur, dites...

— Organisez des dîners de cons, comme le film, vous connaissez, je suppose. Il sera dans son élément et vous vous amuserez. À raison d'un par semaine, le temps auprès de lui s'écoulera beaucoup plus vite.

— C'est une idée formidable, je prends note. Je nous ai déjà inscrits à un nouveau club, le Club des Pouilles, vous avez peut-être entendu parler ?

— Tout à fait, je compte également y aller samedi, ça a l'air intéressant.

— Merci Docteur, au revoir et à samedi, donc.

Alicia Sulpice se leva et se dirigea vers la sortie.

— S'il vous plaît ? Vous ne m'avez pas réglé.

— Oups, pardon, dit-elle en sortant un billet de son portefeuille.

Faudrait pas me prendre pour un con ! murmura le docteur Leblond.

Alicia était ragaillardie par les nouveaux horizons de vie qui se profilaient. Elle allait téléphoner à toutes ses amies, elles allaient réunir leurs concubins (le nom leur allait si bien, même s'ils n'étaient pas nés à Cuba) et elles passeraient d'extraordinaires soirées à les écouter.

Elle se demandait lequel grimperait sur la plus haute marche du podium de la connerie. Elle avait la prétention de juger que son mari avait les meilleures chances d'obtenir une médaille. Pour l'heure, autre chose l'attendait. Autre chose qui occupait son esprit depuis quelques semaines : elle et son époux étaient inscrits pour participer à un célèbre championnat organisé par la chaine TV69.

En fait, c'est surtout Alicia qui avait insisté, car Nicolas aurait préféré rester affalé sur le canapé à regarder la retransmission du tournoi en se nourrissant de bière et de cacahuètes.

Bref, ce soir, dans quelques heures, aura lieu l'épreuve ultime entre les deux époux…

10
UN MATCH DE TOUTE BEAUTÉ

— Bonsoir, mesdames, bonsoir, mesdemoiselles, bonsoir, messieurs, bonsoir, les enfants, bonsoir maman — tu vois, je te l'avais dit que je passerais un jour à la télé ! Bienvenue sur TV69, en direct du *XIVe Championnat du monde de la Scène de Ménage.*

« Nous sommes actuellement boulevard Cassius Clay chez M. et Mme Supplice, pardon, je veux dire Sulpice, qui vont disputer l'épreuve finale, avec une certaine tension, ce qui est normal car notre mission est de booster l'audimat. Les concurrents, en tenue de sport, se mettent de la magnésie sur les mains et redoublent d'échauffements et gargarismes. Ça va saigner, comme disent les cannibales. Je m'approche de madame pour recueillir ses impressions. Comment vous sentez-vous à quelques minutes de ce match crucial ? Pas trop le trac ?

— Je suis plutôt détendue. Je me suis entraînée toute la semaine en m'engueulant avec mon patron, j'ai confiance, je crois que je peux vaincre mon abruti de mari sans problème.

— Eh bien, nous vous le souhaitons de tout cœur. Nos ménagères de moins de cinquante ans s'en souviennent probablement, lors des précédentes épreuves, madame Sulpice a terrassé son époux en moins de quatre minutes à chacun des combats.

« Rejoignons maintenant son adversaire qui semble en état de grande concentration. Monsieur Supplice, pardon, Sulpice, vous paraissez en excellente condition physique pour aborder cette ultime épreuve ?

— Tout à fait, j'ai révisé mon vocabulaire et j'ai pris des vitamines, je devrais ratatiner cette vieille chouette assez facilement.

— Eh bien, la France entière vous le souhaite. Je rappelle à nos téléspectateurs que vous êtes arrivé en finale avec difficulté...

— Non, non, j'étais seul...

— ... notamment lors de votre dispute dans la catégorie « Belle-mère à remettre à sa place » qui vous a causé quelques soucis.

— Je tiens à signaler que ma belle-doche n'est qu'une grosse truie incontinente qui chlingue des pieds !

— C'est trop tard, c'est lors de l'épreuve que vous deviez le dire. Saviez-vous que le nombre de vos défaites est un record, qui sera prochainement homologué par le Livre du même nom.

— Un livre à mon nom ?

— Non, monsieur Supplice, pardon, Sulpice, je parle du *Livre des records*.

— Mais je ne m'appelle pas Record !

— Vous voyez, chers téléspectateurs, on peut être un pro de la dispute en ayant l'intelligence d'une moule périmée ! Mais... qu'ois-je ? Qu'entends-je ? La cloche sonnè-je-t-elle ? C'est l'heure tant attendue du match. Je précise, pour celles et ceux qui n'ont pas les sous-titres, que j'ai bien mis un « e » à attendu, je ne suis pas nul en orthographe comme certains de mes confrères, en un seul ou en deux mots, des chaînes concurrentes. Revenons à nos combattants qui bouillonnent dans une excitation extrême. La sueur perle sur les fronts, les regards sont assassins, les slips sont tendus, le silence est assourdissant, l'affrontement commence...

« C'est Monsieur qui s'empare de la parole le premier.

— Tu peux me passer le crayon, s'il te plaît ?

— Belle entrée en matière, avec ces mots fort courtois proférés tout en douceur. Madame va-t-elle enchainer sur le même registre ?

— Sers-toi tout seul, tu vois bien que je suis occupée.

— Joli rattrapage de madame, qui effectue un revers immédiat et met en marche les hostilités sans se laisser démonter.

— Occupée à quoi, on peut savoir ?

— Monsieur reste courtois. Toutefois, il prend le taureau par les cornes et fonce tête baissée, peu perturbé par l'attitude hautaine de sa femme. Que va-t-elle dire ?

— Je suis en train de cogiter. Ça ne se voit peut-être pas, mais j'ai une activité intellectuelle, ce qui te dépasse probablement, car ça ne doit pas t'arriver souvent.

— Oh la la, on devine derrière ces mots un cynisme qui pourrait mettre le feu aux poudres. Bravo madame, pour votre détermination. Comment va réagir Monsieur ?

— Une activité intellectuelle ? Laisse-moi rire ! Tu te demandes si tu vas laver la vaisselle ou les carreaux ? Repasser le linge ou téléphoner à ta vieille bique de mère ? Hin hin hin !

— Réponse immédiate et fulgurante. Un renvoi de balle avec sa célèbre botte secrète qui lui a valu le surnom de d'Artagnan de la scène de ménage. Il rabaisse son adversaire sèchement et termine par ce ricanement qui compte tant de victimes à son palmarès. Mais, madame ne va pas se laisser abattre, j'en suis certain. Ses naseaux fument, attendons-nous à une réplique foudroyante…

— Ça sera toujours plus enrichissant que de m'abrutir devant la télé en me curant le nez, la main dans le slip !

— Jolie réponse du tac au tac avec cette formule qui fait mouche : « se curer le slip avec la main dans le nez ». Deux secondes… On me dit dans l'oreillette que j'ai interverti les mots. Nos téléspectateurs auront rectifié d'eux-mêmes. Revenons à l'ambiance électrique. Nous assistons à une joute digne des chevaliers du temps jadis, qui je le rappelle, ne portaient pas de slip et se curaient le nez avec leurs ongles crottés. Monsieur prend la parole.

— Je préfère m'abrutir devant la télé plutôt que souiller mon esprit à te regarder, ma petite.

— Ouille ouille ouille, voilà qui fait mal. Ce « ma petite » asséné avec une violence sourde risque de bousculer l'adversaire qui ne s'attendait pas à une attaque frontale aussi virulente.

— Tu sais ce qu'elle te dit, la « petite » madame, espèce de « petit » monsieur ? Toi tu n'es pas petit, tu es minuscule, tu n'es pas minuscule, tu es insignifiant, tu n'es pas insignifiant, tu es inexistant, tu n'es pas inexistant, tu es...

— Je vais faire une sieste pendant que tu rumines, j'ai l'impression que ton vomi lexical va durer des heures, je te laisse déblatérer, tu me berces...

— Autant de vocabulaire à la fois, je ne doute pas que ton cerveau atrophié soit perturbé.

— Monsieur a pris l'avantage un court instant, rapidement retourné par madame, qui a prouvé par le passé qu'elle ne manquait pas de ressources.

« Profitons de cet instant pour une minute de publicité.

Dong-dong-dong-dong !

Vous êtes calme, détendu, serein ? Rien ne vous énerve ?

Testez la pommade Hémorromaxi.

Deux applications par jour, vos hémorroïdes tripleront de volume en moins d'une semaine et vous serez d'une humeur de chien, sans même avoir besoin de vous asseoir.

Merci Hémorromaxi !

Dong-dong-dong-dong !

— Retour à l'antenne pour la suite de ce palpitant Championnat. Revenons à Monsieur, dont nous espérions une riposte, mais non, c'est madame qui fonce dans le tas, selon sa tactique habituelle de ne pas laisser à l'adversaire le temps de souffler. À ne pas confondre avec le soufflé au fromage que prépare ma maman que je salue en passant.

— Va te bercer si ça t'amuse, espèce de Cyril Hanouna déliquescent, je vais t'envoyer la vaisselle dans la tronche.

— L'insulte est sévère et à propos de verre, j'ai très soif. Mais que vois-je ? Madame attrape une assiette en porcelaine de Limoges qu'elle lance tel un frisbee en direction de la tête de son mari... qui

83

l'évite d'un gracieux mouvement du buste. Quel geste magnifique, j'en suis sur le cul et pourtant, je suis debout.

— Tu t'encroûtes, sale mégère, tu n'as pas réussi à me toucher.

— Tu ne connais que cette minable insulte, vieux crottin croupi ? Tu manques d'imagination, concentré d'imbécile !

— Tu vas voir, si je manque ! Choléra purulent ! Invertébrée flasque ! Marchande de conneries ! Pignouf de corbac ! Trouffignonne moisie ! Ça te va, j'ai assez d'inspiration ?

— Chers téléspectateurs, j'ai envie de répondre « oui », mais ce n'est pas à moi de le dire, c'est à vous de voter, en appelant le 08 08 08 au prix de quarante euros la minute et vous gagnerez peut-être un égouttoir à salade en carton recyclé.

« Il faut admettre que Monsieur a révisé ses classiques et possède une sacrée cartouchière d'insultes ! Mais attention ! Que vois-je ? Oh la la la la la la la la la la la la ! Madame se précipite vers son bonhomme et plante une fourchette dans sa cuisse dans un geste d'une élégance folle. Monsieur Supplice, pardon, Sulpice serre les dents, il veut faire croire à son adversaire qu'il ne souffre pas, mais peine perdue, il dérouille, il titube, il flageole, il chancelle... Va-t-il s'écrouler ? Notre concurrent est déstabilisé, il rejoint sa chaise à grand-peine. Dans une grande détresse, il arrache la fourchette plantée dans sa cuisse.

— On fait moins le malin, hein ? provoque l'épouse.

— Madame se tourne vers le public sous les hourras de la foule. Elle vient une nouvelle fois de terrasser son mari en moins de cinq minutes. Retrouvons la championne pour recueillir ses impressions.

« Comment vous sentez-vous, madame Supplice, pardon, Sulpice ?

— Vous avez vu comment je l'ai réduit en bouillie, l'autre naze ? Faut pas me chercher, moi ! Et encore, je n'ai donné qu'une faible part de mes capacités, j'aurais pu lui broyer la main dans le hachoir, lui écraser la tête avec un tabouret, lui trancher les roubignoles avec un coupe-ongles, lui crever les yeux avec un tisonnier, lui explo...

— Merci, merci, nos spectateurs ont compris le message. Eh bien bravo, je vous laisse savourer cette nouvelle victoire. Un dernier mot pour terminer ?

— Dites à mon abruti de mari que s'il veut une nouvelle raclée, je suis à sa disposition.

— C'est noté ! Voyons voir dans quel état se trouve le vaincu. Monsieur Supplice, pardon, Sulpice, c'est votre troisième défaite d'affilée, quelle conclusion en tirez-vous ?

— J'avais bien révisé la partie injures, mais je me rends compte que je suis encore faible au niveau des attaques physiques. Je vais reprendre l'entraînement et je vous garantis que la prochaine fois, je l'explose la harpie !

— Nous vous le souhaitons. Une poignée de main à votre adversaire, n'oublions pas que le sport est une histoire de fair-play.

— Félicitations, tu m'as bien bousillé, le coup de la fourchette, je ne l'ai pas vu venir.

— Je te le répète tout le temps, tu es faiblard en défense, tu ne t'exerces pas assez, tu passes toutes tes soirées le cul sur ton fauteuil. Tu as été un bon adversaire, j'ai hâte de te coller une quatrième raclée.

— Oh, la belle ambiance bienveillante qui règne dans ce couple. Nos tourtereaux vont vivre une chaude nuit dans le lit conjugal.

« C'est ainsi que s'achève ce *XIVe Championnat du monde de la Scène de Ménage*, nous vous donnons rendez-vous pour la quinzième édition l'année prochaine. À vous les studios, envoyez la pub !

Dong-dong-dong-dong !

Dépité, déconfit, dégoûté, écœuré, un essaim d'adjectifs tournicotait dans la tête de Sulpice. La défaite mortifiante qu'il venait d'essuyer était un camouflet à sa dignité de mâle. Subir un tel affront, en direct à la télé, c'en était trop. Pourquoi avait-il accepté de participer à cette compétition ? Il s'en doutait que ce n'était pas une bonne idée. Et dire que samedi, il devra se rendre à ce club de je ne sais quoi où sa femme les avait inscrits, il rageait. Heureusement, la flopée d'insultes du Championnat lui sera probablement utile.

Plutôt que rester dans l'appartement en compagnie de son épouse victorieuse — qui n'aurait pas manqué lui rappeler son fiasco — il préféra se réfugier à l'hôtel dont il était le gérant. Là-bas, il décidait, commandait, dirigeait comme bon lui semble. Surtout avec Amélie, la stagiaire, qui l'admirait et buvait ses paroles, il n'avait aucun doute là-dessus. En revanche, si elle avait regardé l'émission, son attitude risquait d'avoir changé.

Bref, il rejoignit l'Hôtel de la Cloche d'or à vitesse soutenue, insultant au passage quelques conducteurs qui encombraient la voie de gauche en respectant les limites autorisées.

II
HÔTEL SANS ÉTOILE

L'hôtel de la Cloche d'or est un établissement comme il n'en existe plus. Les mauvaises langues disent « heureusement », mais n'écoutons pas ces vipères. Transformons-nous plutôt en petite souris pour observer le directeur, monsieur Nicolas Sulpice (et non pas Supplice, il a horreur qu'on écorche son nom). Pour l'aider dans sa tâche, il travaille avec Amélie, une jeune stagiaire que le patron trouve très sympathique, car elle accepte un salaire de misère sans se plaindre.

Mais, silence, scrutons, une cliente vient de pénétrer dans le hall. Sulpice l'accueille :

— Bonjour, monsieur, enchanté de vous recevoir à l'Hôtel de la Cloche d'or. Pardon ? Vous êtes une dame ? Ce n'est pas grave, chacun fait comme il veut, l'Hôtel de la Cloche d'or est quand même ravi de vous héberger, Monsieur... Madame.

Vous désirez une chambre ? C'est logique, vous êtes dans un hôtel. Alors... une chambre, une chambre, une chambre, qu'avons-nous de disponible ? C'est que nous sommes débordés en ce moment. Eh oui, l'été, c'est la haute saison, beaucoup de touristes visitent notre zone industrielle. C'est un peu la Riviera du département. Pardon ? Vous ne venez pas en vacances, mais pour enterrer toute votre famille qui s'est tuée dans un accident de voiture ? Quelle chance !

Je veux dire, quelle chance de découvrir notre magnifique cimetière situé derrière la cimenterie. En cette saison, avec le vent d'est, vous profiterez pleinement des effluves du crématorium.

Alors… il me reste, le premier, le deuxième ou le troisième étage. Choisissez. Le premier ? Parfait, je vous propose une superbe chambre avec lit, armoire et chaise sur laquelle vous pourrez vous asseoir. Petit plus offert par la maison, un Minitel au prix ridicule de quatre euros la minute.

Voici votre clé, la 224. C'est facile à se souvenir, les numéros qui commencent par 200 sont au premier étage, les numéros 300 sont au second et les numéros 400 n'existent pas.

Bon séjour, Monsieur… Madame… L'ascenseur ? Il est en dérangement. Vous allez pouvoir visiter notre magnifique escalier en bois fabriqué par mon arrière-grand-père. La moquette rouge est d'époque. Une véritable antiquité absolument unique sur la région. On vient de très loin pour… il est parti. Attention à la troisième marche, elle est fragile ! Trop tard…

Tu as compris le principe, Amélie ? Positif sourire, toujours positif sourire ! Faire rêver le visiteur qui séjourne à l'hôtel, l'aider à oublier ses soucis. Nous sommes là pour lui changer les idées.

Que dis-tu ? Que faire s'il veut se changer les idées avec toi toute nue dans son lit ? Tu refuses. On ne couche pas avec les clients ! Même s'ils te le demandent gentiment et même s'ils te glissent dans la main un billet d'un montant conséquent, tu n'acceptes pas. Si on te fait une proposition déplacée, tu me le signales im-mé-dia-te-ment, je prendrai les mesures qui s'imposent. J'enverrai la grosse Lulu, elle s'en chargera entre deux coups de balai et me reversera la moitié des recettes.

Tiens-toi droit ! Tu ne dois pas être avachie. Seins en avant, fesses en arrière ! Jamais l'inverse ! N'oublie pas que tu représentes la France auprès de notre clientèle internationale.

Voyons voir ton incarnation de la France ? Oui oui oui. Mais c'est mignon tout plein, ça. Faudra qu'on parle intimement tous les deux, tu me rejoindras dans la lingerie pendant ta pause. Quoi, quoi, quoi, j'exagère ? Tu désires grimper les échelons ou pas ? Eh bien pour que tu grimpes, moi aussi je dois grimper sur quelque chose. Fais-moi confiance, je vais te sauter ! Je veux dire, je vais te faire sauter les étapes.

Un client ! Zou, garde à vous ! Fesses en arrière, seins en avant ! Positif sourire.

Bonjour, monsieur Dubois. Votre clé, mais bien sûr d'accord tout de suite immédiatement. C'est la 308 si je ne me trompe ? 127 ? C'est ce que je disais. Amélie ! La 127, plus vite que ça ! Ah la la, le petit personnel ! Un peu de fermeté n'est jamais de trop.

Oui ? Vous aviez demandé une chambre avec baignoire et vous avez une douche ? Oui, oui, oui… c'est normal. Avez-vous remarqué qu'une douche, c'est une sorte de baignoire verticale ? Croyez-en mon expérience, vous serez bien plus confortable dans une douche. Moi-même, tous les matins… Nos salles de bains sont réputées dans tout le département. On vient de très loin pour… Il est parti ! Connard !

Pardon, monsieur Dubois ? Qu'est-ce que j'ai dit ? Mais rien, je n'ai rien dit, c'est mademoiselle qui a causé. Amélie, tu pourrais être plus polie avec monsieur Connard… euh, monsieur Dubois. Pardon ? C'est moi qui ai parlé ? Ah bon ? Vous êtes sûr ? Ah, ça y est, ça me revient ! J'ai dit « Ka-aunn-arh », c'est une expression de chez nous qui signifie « que votre séjour soit aussi doux que la caresse de la plume de paon sous vos aisselles délicates ». C'est régional. On vient de très loin pour l'entendre.

Au revoir, monsieur Connard, je veux dire au revoir, monsieur Duboire, Dubois !

Alors lui, c'est un gros con. Amélie, tu me feras le plaisir de cracher dans son café demain matin, ça lui fera les pieds. Note-le, sinon tu vas oublier.

Tu as remarqué le coup de la douche ? Positif sourire, toujours positif sourire ! Si nous sommes en rupture de croissants, tu affirmes que la baguette est meilleure. Il veut du Nesquick, tu dis que le chocolat Poulain c'est pareil. Tu as noté, Amélie ? Poulain. Même chose pour le savon, zou, tu leur refiles du liquide vaisselle, ça décrasse mieux. Positif sourire, toujours positif sourire !

Regarde ! Ça t'épate, pas vrai ? Trente ans de métier, je suis imparable dans n'importe quelle situation. Je devrais compiler mes conseils, écrire un livre. D'ailleurs, je vais commencer tout de suite, tu vas me servir de secrétaire. Je te dicte, c'est parti, Amélie, notons.

N'oublie pas que le client est ?... Mais non, pas roi ! Enfin si, un peu, mais surtout, le client est con. Parfois, c'est le roi des cons, mais c'est un autre sujet. Surtout, tu ne le dis pas. L'Hôtel de la Cloche d'or est un lieu respectable, avec trois... deux... un..., peu importe ! Le nombre, les étoiles c'est pour les prétentieux. Ici, on ne fait pas dans l'esbroufe, on fait dans le naturel. Qui revient au galop, si tu veux. Nous n'avons pas besoin de gratifications pour offrir un service de qualité à tous les cons qui couchent dans notre établissement. Comment ? J'ai dit les cons ? Moi ?... Quoi ? Qui ? Derrière ?

Madame Chèvrefeuille, quel plaisir de vous voir ! Positif sourire, Amélie, positif sourire ! Vous voulez connaître les activités proposées par l'hôtel ? Dans un souci de simplicité, vous ne trouverez ici ni piscine, ni golf, ni sauna, ni casino. Vous ne risquez pas de vous égarer à les chercher, ni de gaspiller votre argent en futilités. Mais, mais-mais-mais, la ville possède un cimetière derrière la Zone Industrielle qui est typiquement typique. Vous n'êtes pas intéressée pour l'instant ? Ça viendra un jour, ne l'oubliez pas, vous n'êtes plus aussi jeune que vous le croyez. Au revoir, madame Chèvrefeuille.

Tu as vu, Amélie ? Tu dois avoir réponse à tout, même si tu ne sais pas, c'est la règle. Je l'ai déjà dit ? Ça m'étonnerait, mais peu importe, à ton âge, on doit rabâcher. Trente ans de métier, ça forme un homme. Tu es une femme ? Raison de plus. Tiens, demande-moi une requête hôtelière qui te passe par la tête ?

Répète... « Comment je fais pour faire caca si les oua-oua sont bouchés ? ». Je t'avouerais qu'on ne m'a pas souvent posé la question en ces termes, mais je vais te répondre. Il ne sera pas dit que Sulpice faille... faillissait... faillissa... manque à son devoir. Sus à la crotte ! D'abord, ma petite, je te corrige, « les oua-oua » étant du pluriel, tu dois dire « comment je faisons ». Si, au pluriel, faire se conjugue faisons. Ne dit-on pas « Faisons caca » ? Tu ne vas pas m'apprendre le français ! Bref, tu réponds au client : « Désolée pour cet inconvénient, je vous prie d'utiliser les toilettes du restaurant voisin (si, cent mètres, c'est voisin), ça ne se reproduira plus. En guise de dédommagement, l'Hôtel de la Cloche d'or est heureux de vous offrir ce rouleau de papier parfumé triple épaisseur quasi neuf. » Et toc !

Arrête de te tortiller, Amélie, tu me donnes le tournis. Tu ? Tu as envie d'aller aux toilettes, les oua-oua chez toi sont bouchés, est-ce que tu peux te rendre dans ceux du restaurant ? Mais… mais… mais bien sûr ! Bien sûr que non ! Imagine si on te remarque. Nous devons être irréprochables. Le personnel ne fait pas caca, le personnel est pur !

Silence, une cliente ! Positif sourire. N'aie pas l'air crispée, sinon tout un chacun saura que tu as des problèmes intestinaux.

Bonjour, Madame ! Oh pardon ! Hello missiz, aho douyoudou ? T'as vu, Amélie ? C'est le petit plus internachionol de l'hôtel. Yes Madame, you ? You ? Yes, yes, yes ! No souçaille. Okaye, goudbaille.

Je n'ai rien compris ! Tu as entendu son accent ? Elle pourrait articuler. Tu dis ? C'est de l'anglais ? Eh bien, je suis désolé, quand on visite la cinquième puissance mondiale — alors que les angloches ne sont que sixième, ne l'oublie pas —, on prend l'accent du pays. Si elle parlait anglais avec l'accent français, la communicachione internachionol serait plus évidente.

Amélie, tu vas profiter de ma minute politique, ne me remercie pas. Écoute bien : si tous les pays du monde s'exprimaient avec l'accent français, on éviterait pas mal de guerres, crois-moi. En tout cas, je l'ai bien bloquée, la rosbif. Qu'elle aille tourismer chez elle, ils ont voulu le boxif, ils l'ont.

On ne dit pas « boxif », mais « Brexit » ? Tu es sûre ? C'est pareil. Après tout, ils n'ont qu'à se payer une tour Eiffel, les angliches. Voilà le problème des voyageurs, ils sont jaloux de ma tour Eiffel. Bien sûr que c'est « ma » tour Eiffel. Avec les impôts que je casque, il y a bien deux ou trois boulons qui m'appartiennent.

Téléphone ! Laisse, je réponds. Regarde, Amélie, allure fière. Toujours être présentable. Peut-être que le client ne te voit pas, mais tu n'en es jamais sûre. Allô ? Oui, Monsieur ? Non, vous ne pouvez pas égorger un poulet dans le lavabo, c'est un hôtel respectable ici. Ni un canard ni une oie. Vous devez les saigner dans la baignoire. Vous savez, on vient de très loin pour... Il a raccroché.

Amélie, un client ! Positif sourire ! Bonjour, Monsieur... monsieur 354, comment allez-vous ? Monsieur Marachi, c'est ça ! Alors, tout se passe bien ? Non ? Ah bon ? C'est ? Votre femme vous emmerde ? D'accord... Que puis-je accomplir pour que votre séjour subisse une amélioration au niveau de l'agréabilité ? La liquider ? Euh... positif sourire... pas de problème, nous allons lui préparer une soupe empoisonnée, votre souci disparaîtra en deux minutes... Note, Amélie, toujours sa-tis-fai-re-le-client ! Vous dites, monsieur Marachi ? Ah d'accord, je n'avais pas compris. Vous voulez liquider la réservation ? Je préfère, c'est plus simple, je suis à court de cyanure. Excusez, je n'avais pas, hein, donc, oui.

Par contre, je dois vous prévenir d'une chose, monsieur Marachi, à l'Hôtel de la Cloche d'or, on parle franchement : nous ne remboursons pas. Payé, c'est payé, rembourser c'est voler, comme dit le proverbe. Hop hop hop, ne vous énervez pas, un arrangement est toujours envisageable : vous pouvez partir à l'instant même. Ce qui n'est pas possible c'est de vous verser une somme équivalente aux douze jours que vous avez réglés à l'avance, vous comprenez le principe ? Vous, la liberté. Nous, le fric. Chacun son domaine. Voilà. C'est ça. Je vais aller me faire foutre, d'accord. J'entendrai parler de vous, c'est possible. Vous me mettrez une note pourrie sur Tripadvisor, je n'en doute pas. Je suis ? Un enfoiré ? C'est exact, mais un enfoiré qui conserve votre argent. Merci, Monsieur.

Tu as vu ça, Amélie ? Le rembourser ? Et puis quoi encore ? Il ne voudrait pas que je lui rende son fric, en plus ? Je vais lui rappeler la devise de l'hôtel, moi. Le client est... non, pas roi ! « Con », je te l'ai déjà répété et répété : « Le client est con, et mon compte en banque a besoin de fric ».

Bonjour, madame Stravinski. Il y a ? Des cafards dans la chambre ? Vous êtes sûre que vos lunettes sont bien réglées ? Ce ne serait pas des fourmis agrandies démesurément ? Non, vous confirmez, ce sont des blattes ? De ? Huit centimètres, d'accord. Ce n'est pas si énorme dans une pièce de quinze mètres carrés. Je vais vous dire les choses franchement, madame Stravinski, je le savais. Ce sont des insectes domestiques. Toute une famille immigrée du terrain vague voisin, nous l'avons recueillie par pur esprit de charité. Nous sommes ainsi, à l'hôtel de la Cloche d'or, toujours prêts à rendre service.

Vous voulez que je les... éradique ? C'est un petit peu radical, mais le client est ?... Taisez-vous, Amélie ! Oui, roi. La cliente est reine aussi, tout à fait, je le disais à l'instant à ma petite stagiaire. Nous nous en occupons. Avec plaisir, Madame. Bonne soirée, Madame. Au revoir, Madame.

Amélie, tu prends une pelle et un balai, tu ramasses les cafards et tu les mets dans une autre chambre. Laquelle ? Je n'en sais rien, fais preuve d'initiative ! J'ai une idée : apporte-les au restaurant voisin, une fois grillés, ça remplacera les cacahuètes à l'apéro.

Quelle heure est-il ? Ouh la, déjà 17 h ! Je vais rentrer. Tu as tout compris, Amélie ? Tu pourras gérer seule ? Parfait. N'oublie pas... Le client est... Non, pas con. Quand je suis absent, le client est roi !

Positif sourire !

— S'il vous plaît ! La même chose.

Nicolas Sulpice regarda le serveur verser l'absinthe dans son verre. Pour satisfaire au rituel, il posa la cuillère avec un demi-morceau de sucre au-dessus du liquide, fit couler goutte à goutte l'eau glacée de la fontaine sur le sucre, contemplant le breuvage se troubler, humant l'arôme des plantes qui se libérait.

Il dégusta la préparation par petites gorgées. Il aurait pu s'imaginer être Rimbaud ou Verlaine qui, paraît-il, devinrent fous d'avoir abusé de La Fée verte. Certains absinthistes en siphonnaient une douzaine par jour.

Ce soir, Nicolas n'en était pas encore à ce niveau. Dans la cinquantaine de degrés du nectar, il tentait de trouver l'oubli.

L'oubli. Après le premier verre, Nicolas oublia qu'il ne comptait rester que dix minutes. Après le deuxième, il ne sut plus qu'il en avait déjà bu un auparavant. Après le troisième, il ignorait qui il était, pourquoi il attendait et aussi ce qu'il buvait.

— Vous plaît, même chose ! lança-t-il d'une voix pâteuse au serveur.

12
LE COMÉDIEN ET LE COMÉDIEN

Le serveur observait son client. Nicolas Sulpice était un homme imprécis à l'âge incertain, d'une taille indéfinie et d'un poids fluctuant. Il était vêtu d'un costume anodin et coiffé n'importe comment, ce qui ne cadrait pas avec son métier d'hôtelier.

Léopold Poquelin était un homme conséquent de quarante-deux printemps, mesurant un mètre quatre-vingt-deux et pesant soixante-seize kilos. Il était vêtu d'un costume sombre, impeccablement coiffé avec une raie sur le côté, ce qui cadrait parfaitement avec son métier de serveur.

C'était un jour d'été fleuri, les oiseaux gazouillaient leur bonheur d'égayer la vie des bipèdes de leurs chants amoureux. Semant parfois quelques fientes généreuses sur des fâcheux. Nicolas Sulpice était assis à la terrasse. Léopold s'approcha de douze pas sur un tempo de six.

« Veuillez bien m'excuser, d'ainsi vous questionner,
J'apprécierais savoir, qui est-ce que vous étiez ? »

dit-il en lui servant une nouvelle absinthe.

— J'suis un personnage de roman, rien d'plus, rien d'moins ! répondit Nicolas Sulpice.

« Alors ça, c'est bizarre, car j'en suis un aussi,
On peut dire que c'est rare, c'est comme une facétie.
Sans être trop curieux, puis-je vous demander
Si vous êtes jeune ou vieux, d'où est-ce que vous venez ? »

— J'suis né d'l'imagination d'un auteur paresseux. Croyez-moi, j'me s'rais ben passé de c'te nouvelle aventure ! Il écrit des erreurs sur la moitié des phrases qu'y m'fait prononcer !

« Ne vous inquiétez pas, vous parlez très très bien,
On ne s'aperçoit pas que vos mots sont moyens !
À part peut-être un peu d'absinthe dans vos paroles
Des mots qui sont râpeux, et sonnent comme des casseroles. »

— Lisez mes dialogues, c'est truffé d'fautes d'orthographe, une horreur. Y'en a plain, plain, plain ! Justement, voilà un bon exemple. Z'avez entendu « plein » j'suppose ? Vous n'avez rien r'marqué ? Eh bien, j'vous le donne en mille, Môssieur mon auteur écrit « plein » avec un « a ». Oui-oui-oui, avec un « a » ! Non, mais vous vous rendez compte ? « P-l-a-i-n » ! Trop la honte ! Pourquoi pas « p-l-a-i-n-t » tant qu'on y est ? Ou « p-l-y-n » ? Ou j'sais quelle autre invention farfelue !

« Je comprends ce courroux, qui anime votre cœur,
Cette rage vous secoue, nourrit votre rancœur ! »

— Y'a des jours où j'n'ose même plus m'exprimer. Trop peur qu'on s'paye ma breloque.

« Je ne me permettrais pas de me moquer de vous
J'embrasse ce tracas, qui vous met vent debout. »

— J'ai l'impression que mes mots sont habillés de costumes déchirés, de mélanger les adjectifs comme des chaussettes dépareillées. Je suis le personnage le plus mal fagoté de la littérature. Balzac est en smoking, je suis en haillons. Mon imparfait est imparfait, mon passé est dépassé.

« Mais non, pitié, mais non, ne soyez pas morose
Sans doute un jour viendront les fins de vos névroses. »

— Toi au moins, tes phrases y sont de la grande musique, de la haute couture, des tableaux de maîtres, de la gastronomie trois-étoiles. Moi que je nage dans la variété navrante, le prêt-à-porter mal fichu, le barbouillage crapoteux, le hamburger réchauffé !

« Vous croyez faire outrage, jacter comme un soudard,

Mais vous chantez l'image, on dirait du Audiard. »

— Me flatte donc pas. Audiard, c'est de l'ultime, de l'inatteignable, le mont Ventoux de la narration, je ne lui arrive pas à la cheville. Et si que je rencontre une jolie damoiselle ? Hein ? Bien de sa personne, élégante, cultivée ? Quoi que j'y dis, moi ? « Je vous aime » avec un « s » à la fin de « aime » ? Elle m'tournera le dos illico ! Elle me claquera au nez la porte de ma passion ! Ô comme je la comprends, ô comme je la regrette déjà !

« Allons, voyons, du calme, ne désespérez pas,

Ce n'est qu'un petit drame, un minuscule tracas.

Je vous jure sur ma tête, que seule une oreille fine,

Sentira l'épithète dont l'accord se débine. »

— Si encore que je n'étais qu'un vulgaire message, un tweet, un post, un texto, un truc de c'genre, le problème s'poserait pas. Sur les réseaux sociaux, z'avez vu, les fautes y'en a des caisses, c'est la règle. C'est tout juste si on s'fait pas insulter quand on accorde un complément d'objet direct placé avant. Oublions, j'ai pas le choix. Mon auteur a décidé que mon destin était de jacter comme un analphabète ! Très bête. Parlez-moi d'vous. Pas d'fautes d'orthographe dans vos dialogues, je présume ?

« Dieu merci pas même une, soyez-en rassuré,

Mais mon homme de plume par contre m'a obligé,

À tricoter les mots, à prendre un air hautain,

À parler fort et haut, tout en alexandrins ! »

— C'est ça qu'j'entendais depuis t'à l'heure ! C'te douce musique, ce son délicat, ces phrases mélodieuses qui chantent et qui enchantent ! Votre maître est un poaite !

Nicolas se tourna vers son auteur invisible, mécontent, énervé, fâché, contrarié.

— Non, Monsieur, non, « poète » ne s'écrit pas avec « a-i », mais avec un « e » accent grave !

Il se racla la gorge, retrouva son calme et reprit la discussion.

— Scusez l'interruption, mais y'a des fautes que j'ai du mal à prononcer ! « P-o-a-i-t-e » ! Ma langue se couvre d'eczéma rien que de l'articuler !

« Poète ou pas poète, c'est difficile à dire,
Mon auteur a en tête, une envie de séduire,
Il veut que je m'exprime tout comme au temps jadis,
En jolies phrases sublimes, en pensées créatrices.
Il souhaite que l'on admire mes paroles, mes propos,
Pouvoir s'enorgueillir du moindre de mes mots. »

— Qu'c'est beau, qu'c'est beau, qu'c'est beau ! C't'rythme, ces rimes, tout ça sans une seule faute. Trop d'la chance vous avez, d'pouvoir parler si chouete…

Nicolas tapa du poing sur la table, de plus en plus agacé.

— « Chouette », avec deux « t », s'il te plaît ! Râââh, la-la… Où-ce que j'en étais ?

— Si chouette… lui répondit Léopold.

— Ah oui ! En plus d'm'écorcher la langue, il m'fait perdre la boule ! J'disais donc, trop d'la chance, d'pouvoir converser si chouette avec n'importe qui sans d'voir surveiller la grammaire ou la conjugaison. J'vous envie, j'vous jalouse !

Nicolas invectiva encore ce démiurge que lui seul devinait.

— T'entends ? J'le jalouse ! Quand tu seras capable de m'faire parler comme lui, tu pourras t'prétendre auteur, toi aussi !

« Lancez-vous ! Essayez ! Scandez des mots à vous !
Très vite vous pourrez parler tout votre saoul
Des belles phrases qui sonnent, comme en apesanteur
Des textes qui résonnent, aux yeux des auditeurs. »

— Tu rigoles ! Mon auteur n'a pas assez d'talent pour que j'm'exprime comme vous.

« Oubliez l'écriteur, c'est vous le personnage !
Vous êtes le meneur, sortez de votre cage !
Parlez comme vous voulez, chantez, dansez, criez !

Personne ne doit briser ce que vous convoitez ! »

— T'en as de bonnes, toi ! J'vais déclamer des jolies phrases avec le parfum des roses, la mélodie du rossignol et tout le toutim, et l'autre là, il va m'faire prononcer des abominations de grammaire, des conjugaisons répugnantes, des monstruosités lexicales ! « Toi tu me z'aimes vach'ment, et moi j'te z'aime z'aussi, c'est qui qui de nous deux, qui se z'aime le plus ? » Non, merci, très peu pour moi !

« Mon pauvre, je vous comprends, et même je compatis,
C'est vrai, c'est aberrant, j'en suis tout décati.
Comment puis-je aider vous, pour que la vie soit belle ?
Un dico, voulez-vous ? Ou bien un Bescherelle ? »

— « Merci, ô, mon ami, de si bien me défendre
De me jurer permis, de beau me faire entendre.
Je suis né pour Rostand, Rimbaud, Molière, Verlaine,
Pour traverser le temps, déclamer des « je t'aime ».
Je veux sur douze pieds et avec tout mon cœur
Enchanter le papier, chérir le spectateur ! »

Nicolas se figea, surpris par lui-même. Sans mot dire, il réécoutait les mots qu'il venait de prononcer, comme s'il voulait s'assurer, se rassurer, que c'était lui qui avait parlé. Léopold, ami d'un instant, l'interrompit :

— Tu vois, ça y est, ton auteur a compris, y't'écrit les textes dont tu rêvais ! Tu entres dans la cour des personnages aux vers immortels. Tu es Cyrano, Sganarelle ou Jourdain. Tu s'ras honoré, flatté, admiré. Tu déclameras ta vie, la main sur le cœur. Plus jamais tu n'auras honte de tes paroles. À toi les éminents théâtres, à toi les brillantes critiques, à toi les…

Léopold se pétrifia. Il ouvrit grand ses yeux, comme si cela pouvait l'aider à comprendre. Son interlocuteur le rassura :

« Entends-tu, mon allié, tu parles maintenant
Comme avant je jasais, sans un enchantement.
Où sont tes beaux dialogues ? Tu es contemporain.
Ton style se dérobe, adieu alexandrins ! »

— T'as raison, j'm'en étais pas aperçu ! C'est trop d'la balle, j'suis super content. Tu veux que j'te dise ? J'en avais marre de m'exprimer comme une vieille noix, de triturer les phrases pour respecter le tempo et les symphonies que mon écrivain tricotait pour moi. Je me sens libre ! Merci, merci, merci ! Et merci à toi, mon auteur, merci !

Nicolas leva son verre et le but d'un trait. Ragaillardi par l'alcool et son nouveau langage, il se dressa, marchant comme sur un fil et parlant aux oiseaux.

« Comment as-tu pu faire ? Je n'en ai pas idée.

Pour d'un seul coup me plaire, pour que je puisse chanter

Les mots que j'aime tant, en six pieds ou en douze

Et chasser à l'instant, les fautes qui m'donnent le blues ! »

*
**

Enchanté de ne plus magnifier les mots, Léopold détacha son tablier, arracha son nœud-papillon et jeta le tout en l'air sans se préoccuper où ils atterriraient.

Depuis son enfance, Léopold se posait des questions sur le sens de la vie. Pour en saisir le complexe mécanisme, il avait travaillé quelques mois dans une usine d'engrenages. Rien de tel que de contempler le mouvement d'une grande roue dentée qui démultiplie celui d'une petite, pour tenter de comprendre pourquoi les cheveux de l'existence sont souvent coupés en quatre.

— Chacune de nos décisions agit à la manière d'un engrenage, disait-il avec un air impérial, elle décuple les actes, transforme les comportements et amplifie les conséquences en leur donnant une raison d'être.

Sa mère vouait une tendre admiration à son fiston chéri. Elle ne comprenait pas toujours toutes ses paroles — surtout quand il parlait en alexandrins — mais, dans son esprit, c'était le signe que son rejeton était intelligent. La preuve, les politiques lui étaient également fort obscurs, or ce sont des gens de pouvoir instruits. C'est en tout cas l'argument qu'elle donnait à ses voisines lorsqu'elles s'interrogeaient sur le comportement parfois étrange de son enfant.

13
ARRÊTEZ DE ME SUIVRE !

Léopold était fier d'émerveiller sa maman. Il lui avait acheté un grand classeur rouge afin qu'elle puisse collectionner les articles et photos concernant son garçon.

— Tu seras ma mémoire, lui avait-il dit. J'ai dépassé quarante ans, il est temps d'écrire mon odyssée. Dans l'ombre de toutes les personnes importantes, des historiens collectent les empreintes de leur trajet sur cette planète.

Ce qu'elle avait retenu de cette explication, c'est qu'elle devait réunir les souvenirs de Léopold sur des feuilles perforées et rangées dans le grand classeur rouge. Sur les premières pages, elle avait collé l'annonce parue dans le journal local pour la revente de sa Fiat Panda ; une recette de boisson de son invention, le cocktail Léopold, qu'elle ne devrait divulguer qu'après sa mort ; et son bulletin de sixième, sur lequel le professeur de français avait noté « *Peut mieux faire* ». Quand on *peut mieux faire*, c'est qu'on a commencé des choses intéressantes, avait expliqué Léopold. Sa maman était entièrement d'accord.

Tout était normal, dans la vie de Léopold. À ses yeux, c'est le reste du monde qui ne l'était pas. Les gens avançaient sur une route rectiligne, lui, zigzaguait entre les évènements. « *C'est à ce genre de détail qu'on distingue les Grands hommes* », répétait-il à celles et ceux qui voulaient l'entendre. Ils étaient encore très peu, mais Léopold en était convaincu, un jour, les foules s'agglutineraient pour l'écouter.

En quittant ce métier de serveur qui l'avait accaparé quelques années, Léopold marcha sans but précis.

— « Il faut que le hasard renverse la fourmi pour qu'elle voie le ciel », avait-il dit à sa mère qui préparait une soupe de potimarrons.

Elle lui avait souri. À défaut de marquer la compréhension, ce sourire exprimait sa tendresse pour son petit bonhomme. Il fut satisfait. La phrase n'était pas de son cru, c'était un proverbe arabe que rabâchait son ami Farid. Il l'avait appris par cœur.

Libéré des contraintes professionnelles, Léopold décida de rencontrer ses contemporains.

Pour être reconnu, je dois me faire connaître, avait-il gambergé la veille en se brossant les dents.

C'est en enfilant son pyjama Winnie l'Ourson trop petit (« *les souvenirs d'enfance sont les cartes postales de notre passé* », avait-il dit à sa mère la fois où elle voulut le jeter) qu'il trouva la bonne stratégie, celle qui immanquablement lui permettrait d'entrer en relation avec un être humain autre que ceux de son cercle familial. Il allait suivre un inconnu dans la rue jusqu'à ce que le destin accomplisse son œuvre.

À la réflexion, lorsqu'il se lança dans cette épatante aventure, il choisit de plutôt se connecter à quelqu'une. Il n'avait jamais rencontré intimement de femmes, mais il avait le sentiment, la certitude presque, que ce serait plus agréable d'être au contact d'une personne d'un sexe différent du sien. Sa mère lui confirma qu'il était bien de nature masculine, il devait donc se mettre en quête d'un humain de genre fille.

Celle qu'il ressentit comme un modèle de féminité idéale à suivre s'appelait Aurélie Reliquat. Il ne le savait pas, bien sûr. De toute façon, le prénom était sans importance pour son exploration.

Ladite Aurélie était une brune au visage délicat, de taille moyenne et habillée sobrement. Cela le rassura, il aurait eu peur d'aborder une femme outrageusement vêtue. Des « salopes » comme les désignait maman qui s'y connaissait sur le sujet. Bon point, Aurélie n'était pas une salope.

Il la croisa devant le Bar des Amis, où il n'en avait pas, mais c'était en projet. Elle se dirigeait tranquillement vers le carrefour Lafayette. Il compta jusqu'à trois avant de lui emboîter le pas (en fait, il tricha un peu et démarra à deux).

Au bout d'une dizaine de mètres seulement, la jeune femme stoppa, fit volte-face et lui dit :

— Monsieur, je vous prie d'arrêter de me suivre.

Léopold fut étonné, déstabilisé aussi. Comment cette personne avait-elle remarqué sa présence en si peu de temps ? Il avait pourtant procédé exactement comme Gérard Depardieu l'expliquait à Pierre Richard dans *Les Fugitifs* : « Ne jamais fixer la nuque de l'individu que tu suis ». Pour ne pas perdre la face, une seule solution : mentir. Après tout, l'expérience était intéressante. Jusqu'où, jusqu'à quand, pouvait-il marcher dans les pas d'une inconnue ?

— Je ne vous suis pas, dit-il.

— Tiens donc ! Vous me filez, je le sens.

— Je circule dans la ville, je n'ai pas le droit ? Elle vous appartient, peut-être ? Vous seule êtes autorisée à vous y déplacer ?

Aurélie Reliquat, puisque tel était son nom, bien qu'il ne le sache toujours pas, reprit son chemin. Il continua de la suivre. Elle s'arrêta de nouveau et se retourna.

— Maintenant, ça suffit, vous allez me lâcher, oui ?

— C'est à vous de me laisser tranquille ! Je ne peux pas me déplacer paisiblement sans que vous m'interpelliez toutes les dix secondes.

— Éloignez-vous et je ne vous adresserai plus la parole.

— C'est vous qui faites exprès de marcher devant moi. Je fais ce que bon me semble. Je dois aller à… à… où allez-vous ?

Elle n'aurait rien dû répondre, ses mots sortirent sans qu'elle eût réfléchi :

— À la pharmacie.

— Pareil, moi aussi, ça vous en bouche un coin, pas vrai ?

Comment pouvait-elle réagir ? Crier au secours ? On l'aurait prise pour une folle, cet homme ne l'avait pas agressée. À part marcher dans la même direction qu'elle, bien sûr. Elle redémarra, le visage légèrement incliné pour vérifier s'il poursuivait son manège. Il continuait. Elle tenta de le raisonner.

— Vous pourriez rester un peu plus loin au lieu de me coller !

— Je ne vous colle pas ! Si je vous collais, je serais dans cette position.

Avant qu'elle ait pu dire un mot, il s'appuya contre son dos, comme soudé à elle. Elle tournait, il suivait. Ils étaient liés l'un à l'autre.

— Ça ne va pas, non ? Reculez !

— Pourquoi est-ce moi qui devrais me déplacer ?

— Parce que c'est vous qui vous scotchez à moi.

— Je ne vous ai pas collée, j'ai avancé et vous étiez sur mon chemin. Si la situation vous dérange, vous n'avez qu'à vous décaler !

Depuis toujours, Léopold maîtrisait l'absurde. Il lui était arrivé de commander des filets de merlan dans une quincaillerie. Certes, l'expérience s'était conclue par le service d'ordre qui l'avait proprement jeté dehors, mais il avait réussi à rester près d'une demi-heure avant d'être renvoyé. C'était un record, car lorsqu'il s'était assis dans le Caddie d'une ménagère au supermarché, suçant son pouce et criant qu'il était un bébé, le vigile l'avait éjecté en huit minutes.

— Pourquoi serait-ce à moi de me déplacer ? dit-elle.

— C'est vous que ça dérange, me semble-t-il.

Si la jeune femme protestait, elle prouvait à cet inconnu qu'il avait raison. Certes, il l'incommodait, mais elle était plus têtue qu'une mule, ou même que sa mère (qui avait boudé son père durant trois semaines pour une bête histoire de pain oublié). Donc, elle adopta un air détaché fort convaincant.

— Ça ne me dérange pas du tout.

Et elle reprit sa marche, Léopold collé à elle. Elle ne pouvait réfréner des regards aussi noirs que ses idées, mais ne dit rien. Elle entra, ou plutôt ils entrèrent, dans la pharmacie, sous l'œil estomaqué de la pharmacienne. Les clients étant rois (et les clientes, reines), elle se tut, se contentant de donner un petit coup de coude à Anne, sa collègue, pour qu'elle ne manquât pas le spectacle.

— Bonjour, Madame ! je voudrais une boîte de paraméçatol, dit Aurélie.

— Le bon mot, c'est «paracétamol», lui murmura Léopold à l'oreille.

— C'est ce que j'ai dit.

— Vous avez dit «paraméçatol».

— Ça m'étonnerait, je ne dis jamais pamacératol... paçaratémol... paramé... bref, jamais.

Peu importe, pensa Léopold, *je sais fort bien les mots que j'ai entendus.*

D'ailleurs, la pharmacienne avait souri lorsqu'elle avait prononcé ce mot biscornu, c'est une preuve. Bien entendu, elle n'avait fait aucune remarque. La cliente est reine, elle ne l'oubliait pas.

— Moi aussi, une boîte, s'il vous plaît, monsieur, demanda Léopold.

— Ce n'est pas un homme, c'est une femme, le reprit Aurélie.

— C'est vous qui le dites.

Elle haussa les épaules. Décidément, cet hurluberlu ne manquait pas de toupet. Face à l'évidence, il campait sur ses positions. Vivement qu'elle puisse s'en débarrasser.

— Pourquoi achetez-vous le même médicament que moi ? dit-elle.

— Pourquoi pas ? Je n'ai pas le droit d'avoir mal à... à... vous souffrez de quoi, vous ?

— À la tête. Et deux fois plus depuis que vous me collez.

— Moi aussi, j'ai la migraine. En revanche, beaucoup moins quand je suis derrière vous. Merci.

— Raté, vous vous êtes fait avoir, je n'ai pas de maux de tête, je prends du paraméça... du paracéma, du... des médicaments parce que j'ai mes règles.

Les règles... Léopold avait parfois entendu sa mère en parler, il y a longtemps. Assez régulièrement, d'ailleurs. Il se demandait pour quelle raison sa maman se plaignait « d'avoir ses règles ». S'adonnait-elle à la géométrie sans qu'il le sache ? Il n'avait pas osé la questionner. Heureusement, cette manie lui avait passé depuis quelques années, plus de règles, plus de géométrie.

Cette femme contre laquelle il était accolé aimait également les mathématiques ? Quel intérêt d'avoir cette drôle de passion si elle ne la supportait pas ?

— Moi aussi ! dit-il d'un ton convaincu.

— Vous aussi, quoi ?

— Je prends du paracétamol parce que j'ai mal à mes règles.

Léopold mentait à peine. Il n'avait jamais apprécié les maths. Il était certain que s'il devait plonger dans un manuel et recommencer à jouer du compas et de l'équerre, il souffrirait.

— On n'a pas « mal à ses règles », dit Aurélie, on ressent des douleurs au ventre à cause d'elles. Si vous en aviez, vous le sauriez.

Puis elle se dirigea vers la sortie en disant :

— Au revoir, Madame.

— Au revoir, Monsieur, enchaîna Léopold avant de murmurer à Aurélie : « ce n'était pas une femme, c'était un mâle ».

Elle éclata de rire. Aucun doute, elle était tombée sur un original.

— Avec une jupe, un chignon et une montre ? dit-elle.

— Vous êtes rétrograde ou quoi ? Pourquoi un homme ne pourrait-il pas porter une jupe et un chignon ?

— Et une montre.

— La montre, je ne dis pas, ça peut prêter à confusion. Maman en porte une.

En fait, la vieille tocante de sa mère avait appartenu à son père. Il ne s'était jamais posé la question, mais finalement, sa génitrice était-elle une femme comme il l'avait toujours supposé ? Il se promit de creuser le sujet.

— Maintenant que vos achats à la pharmacie sont terminés, vous arrêtez de me coller ? dit Aurélie.

— Je suis bien contre vous, j'ai un peu froid, votre température corporelle me réchauffe.

— S'il vous plaît ? demanda-t-elle avec le maximum de bienveillance dont elle était capable dans une telle situation.

Il ne put qu'accepter sa requête et recula d'un demi-pas.

— Bon, d'accord. De toute façon, c'est trop inconfortable !

— Comment ça, je suis inconfortable ? Vous êtes gonflé !

— Je n'ai pas dit que vous l'étiez, mais que marcher collé à vous l'était, nuance. Vous allez où, maintenant ?

— Je rentre chez moi.

— Moi aussi.

— Parfait, au revoir.

Elle s'éloigna d'un pas rapide, il fit de même. Au bout de cinq mètres, elle se figea.

— Pourquoi me suivez-vous ?

— Je vais chez vous.

— Pas question que vous veniez chez moi !

— Vous étiez d'accord ! Vous avez dit « je rentre chez moi », j'ai répondu « moi aussi », vous avez dit « parfait ».

La jeune femme cultivait une patience héroïque, tous ses amis auraient pu le confirmer. Elle était capable de répéter calmement vingt fois à un enfant de ne pas toucher quelque chose. Elle pouvait attendre une demi-heure au guichet de la poste sans rechigner. Elle acceptait qu'un embouteillage soit une chose naturelle contre laquelle rien ne servait de s'agacer. Mais à cet instant, elle sentait que ce bonhomme allait être la goutte qui ferait déborder le vase de son sang-froid.

— Bon ! dit-elle avec fermeté, on ne va jamais s'en sortir, passez devant.

— Pas question !

— Très bien, c'est moi qui vais derrière.

En une seconde, elle se glissa derrière Léopold à un mètre, pas plus, pas moins.

— Vous pouvez marcher.

— Vers où ?

— Chez moi.

— Je ne sais pas où c'est.

— Ce n'est pas mon problème.

Un grand homme est en mesure de faire face à toutes les situations. Elle veut que j'avance ? Soit ! Droit devant.

Il avança d'un premier pas, un deuxième, un troisième et ainsi jusqu'à six avant de constater qu'elle marchait derrière lui.

— Madame, je vous prie d'arrêter de me suivre.

— Je ne vous suis pas.

— Tiens donc ! Vous me filez, je le sens.

— Je circule dans la ville, je n'ai pas le droit ? Elle vous appartient, peut-être ? Vous seul êtes autorisé à vous...

Les derniers mots s'enfoncèrent dans la brume opaque de l'excellente mémoire de Léopold. Les paroles de cette femme ressemblaient mot pour mot à celles qu'il avait lui-même prononcées au début de leur rencontre. Ils étaient plongés dans une faille temporelle qui les entraînait à revivre en boucle la même situation.

Quand je raconterai ça à maman, elle sera encore plus étonnée que le jour où je lui ai dit que j'avais prêté ses bigoudis au chat de la voisine. En attendant, direction la pharmacie, j'ai envie de redécouvrir la géométrie. Cette connaissance mathématique me sera peut-être utile si je décide d'aller au Club des Pouilles où je me suis inscrit sur un coup de tête.

*
**

Lassée de ce jeu du chat et de la souris avec cet encombrant inconnu, Aurélie était parvenue à le semer. Semer n'est pas le mot exact, puisque, derrière lui, elle s'était laissée distancer, puis avait disparu en se glissant dans la boutique d'un antiquaire.

Au mur, une ancienne carte du ciel du zodiaque attira son regard. L'homme était probablement du signe du Scorpion. Voire Scorpion ascendant Scorpion. Elle regrettait de ne pas lui avoir demandé sa date de naissance pour établir son thème. Vu comme il la collait (au propre, comme au figuré) il la lui aurait donnée sans hésitation.

Aurélie croyait beaucoup en ce que l'astrologie révélait sur la personnalité d'un être (logique, elle était Poissons ascendant Cancer). En fait, elle se passionnait pour de nombreuses sciences occultes, comme décider en fonction du pendule, interpréter les rêves, apprendre selon le tarot divinatoire…

Son intérêt pour les phénomènes étranges s'était imposé à elle lorsqu'elle constata qu'elle était victime d'une «malédiction» surprenante qui survenait tous les ans lors du solstice d'été…

14
UNE NUIT PRESQUE COMME LES AUTRES

Le premier accident eut lieu dans son lit. Lors d'une nuit trop agitée, Aurélie bougea tant et tant qu'elle finit par tomber à terre, entortillée dans sa couette. Plus de peur que de mal. Parler d'accident était donc exagéré, « incident » semblait mieux adapté.

Aurélie était une jeune femme tout ce qu'il y a de plus tranquille et de plus raisonnable. Jamais un mot ou un geste plus haut que l'autre, elle baignait dans une perpétuelle sérénité. Sauf cette fameuse nuit où elle vécut un repos turbulent.

Cette légère mésaventure aurait pu disparaître de sa mémoire si une nouvelle ne s'était produite l'année suivante. En se tournant durant son sommeil, elle donna un brusque coup de coude dans la table de chevet, laquelle bascula et renversa la lampe qui lui tomba sur le front. L'ampoule éclata, elle se retrouva avec une multitude de bris de verre sur le visage. Rien de bien grave, mais peu agréable.

Par la suite, d'autres incidents survinrent. Une nuit, alors qu'elle rêvait qu'elle était en train de se chamailler avec son frère, elle voulut l'attraper par le col et se cogna violemment le pouce contre le mur.

Violemment, le terme n'était pas exagéré puisqu'elle se fracassa l'ongle et hérita d'une entorse.

Une autre fois, une pile de livres posée sur l'étagère au-dessus du lit tomba par on ne sait quel sortilège (si un tremblement de terre s'était produit, elle l'aurait ressenti). Elle fut à moitié assommée et récolta une jolie bosse.

Une nuit, dans une crise de somnambulisme, elle grimpa sur une chaise pour tenter d'attraper une valise en haut de son armoire. N'étant pas assez grande, elle avait pris appui du pied droit sur le dossier puis, sans réfléchir aux conséquences, leva le gauche pour se hisser complètement. Bien entendu, le siège bascula. Elle chuta violemment et heurta le coin de son bureau. Bilan, arcade sourcilière ouverte, quatre points de suture.

Il y eut aussi une bouteille de soda qui explosa en un magnifique geyser et l'inonda dans son sommeil, son chat Mallow qui devint fou furieux et lacéra de long en large son édredon avec quelques dérapages sur son visage, un radiateur électrique qui s'enflamma, des vitres qui se brisèrent et diverses péripéties tout aussi inexplicables.

Toutes ces mésaventures étaient un motif de moquerie récurrent de son amie Clara qui la surnommait miss Catastrophe. Elle en riait de bon cœur jusqu'au jour où, consultant son journal intime, elle prit conscience que ces problèmes étaient tous survenus durant le solstice d'été. Le 20 ou le 21 juin selon les années. Elle devait se rendre à l'évidence, sa traversée de la nuit la plus courte de l'année se soldait irrémédiablement par une tragédie.

La curiosité attisée, elle interrogea ses parents pour savoir s'ils avaient des souvenirs de solstices accidentels durant son enfance. À la première réflexion, rien ne leur vint à l'esprit mais, au fur et à mesure qu'ils en parlaient, quelques anecdotes leur revinrent.

Effectivement, elle avait vécu des cauchemars singuliers, des doudous perdus, des tétines coincées dans la bouche lorsqu'elle était bébé.

Effectivement, elle avait eu des crises de somnambulisme qui se terminaient par des chutes dans l'escalier, des brûlures dans la cuisine ou de la vaisselle cassée lorsqu'elle était gamine.

Effectivement, elle tombait de son lit, elle disparaissait sans explications, elle hurlait des propos incohérents lorsqu'elle était ado. Et, surtout, son père comme sa mère se remémoraient des indices grâce auxquels ils affirmaient avec certitude que tous ces ennuis étaient survenus pendant la plus courte nuit d'été.

Aujourd'hui, 20 juin, Aurélie a peur de se coucher, peur des projets de son inconscient, peur de l'incident inconnu, car, elle en est convaincue, un sinistre aura lieu. Pour éviter la *malédiction du solstice*, comme elle la nommait, elle avait pris ses précautions. Pas question qu'elle tombât dans le piège cette année.

La solution était d'une simplicité enfantine.

Puisque les accidents surviennent dans mon sommeil, je ne vais pas dormir, se dit-elle. *Ainsi, le mauvais génie ne pourra pas s'attaquer à moi.*

Elle avait tout organisé pour passer le cap. Elle posa un congé pour le lendemain, afin de ne pas être obligée d'aller travailler la tête dans le… dans le brouillard. Elle ne précisa pas le motif de son absence à ses collègues, elle ne voulait pas prendre le risque d'être la risée de tout le service.

Ensuite, elle prépara deux thermos d'expresso bien serré. Elle avait calculé, à raison d'une tasse toutes les heures, elle avait besoin d'environ un litre et demi de breuvage pour ne pas tomber en panne de carburant.

À vingt heures pile, elle but son premier café, brancha sa console et s'installa devant son écran. C'était l'occasion de s'adonner à un jeu super addictif et chronophage auquel elle n'avait jamais de temps à consacrer, justement parce qu'il était addictif et chronophage.

Pour cette nuit blanche, elle partira en croisade dans le monde de *Minecraft*, elle combattra des créatures des ténèbres (après tout, ce sont elles qui perturbent son sommeil). Quand on défend son univers contre des zombies, rarement les paupières se ferment. Les sept ou huit heures à traverser s'écouleront sans qu'elle ne s'en aperçoive.

Elle se frotta les mains, satisfaite. « Tu ne m'auras pas, cette fois, monstrueuse *malédiction du solstice*, je suis intouchable ! ».

La nuit se déroula comme prévu. Elle avait dézingué des centaines de morts-vivants, aucun n'était venu lui mettre des bâtons dans les roues. Elle avait bu la réserve de café et d'ailleurs, l'effet s'en faisait sentir, elle débordait d'énergie. Puisqu'elle n'avait aucune envie de se coucher, elle sortit faire quelques courses puis se lança dans un grand nettoyage de son appartement, qui l'entraîna jusqu'à la fin d'après-midi.

Elle était désormais bien fatiguée, elle devait dormir une douzaine d'heures pour être en forme le lendemain. Elle plongea dans un sommeil de plomb en quelques secondes. Si profond qu'elle n'entendit pas le téléphone sonner.

C'était son amie Clara qui appelait. Elle voulait savoir comment son amie allait aborder la nuit de solstice qui avait lieu le soir même.

Aurélie s'était trompée de date. La nuit la plus courte, cette année, ne tombait pas le 20 mais le 21 juin.

Clara raccrocha son téléphone et retourna à ses occupations. Avec un peu de chance, si Aurélie ne répondait pas, c'est qu'elle s'était enfuie sur une île déserte pour se mettre à l'abri de sa malédiction.

Clara était caviste, un métier majoritairement masculin où elle avait eu du mal à se faire accepter. De plus, elle était blonde et jolie, deux composantes génétiques peu favorables à un minimum de crédibilité dans un milieu où le client accorde plus d'importance à la parole d'un viticulteur en tablier bleu qu'à une vigneronne en jupe écossaise.

À force de sourires et de soirées dégustation gratuites, elle était parvenue à réunir un nombre de fidèles, des deux sexes, qui ne juraient que par ses recommandations pour sélectionner les vins qu'ils buvaient…

15

LICENCIEMENT ABUSIF

Clara savait conseiller ses clients en fonction des goûts de chacun, des plats que les dives bouteilles accompagneraient et de l'épaisseur du portefeuille. Oh, bien sûr, il restait une poignée de récalcitrants qui ne pouvaient tolérer qu'une femme possède des compétences œnologiques. Ils entraient dans la jolie boutique toute de bois vêtue avec leurs certitudes. Elle les laissait étaler leur science inexacte et était capable de leur dire, avec le plus grand sérieux :

— Un gewurztraminer pour accompagner un rôti de bœuf ? C'est un excellent choix, Monsieur, vous allez surprendre vos invités.

...qui ne sont pas près de remettre les pieds sous votre table, pensait-elle.

Elle avait utilisé ses talents pour le jus de la vigne au service de la recherche d'un mari. Elle s'était lancée en quête d'un conjoint bien charpenté qui possèderait une belle attaque et un potentiel de garde intéressant sans être bouchonné. Elle l'avait trouvé après de nombreuses dégustations que nous ne relaterons pas ici, ce n'est pas le propos.

Elle s'appelait Clara Cassel. Comme l'acteur. C'est son mari qui lui avait donné ce nom. L'homme, qu'elle avait sélectionné avec le même soin qu'une bouteille, était maraîcher bio. Comme elle, il avait le goût des mets exquis qui réjouissent le palais.

Il lui apportait un panier de potimarrons et de patates douces de son jardin, elle lui servait un merlot intense et délicat élevé par un producteur de ses amis. Ils étaient nés pour s'aimer.

De cépage en cépage, il vint (il vin ?) de plus en plus souvent à sa boutique, jusqu'à la visiter quotidiennement, puis à rester une nuit suivie d'une autre, de plusieurs, de toutes.

Ils se passèrent la bague au doigt en offrant à leurs invités un harmonieux plat de légumes anciens accompagnés d'un bourgogne qui ne l'était pas moins. Ce fut une jolie journée printanière, chaude et ensoleillée qui annonçait des années de bonheur.

Elle dirigeait leur vie familiale de la même manière que sa cave, avec ordre, méthode et fermeté. L'équilibre de leur union reposait sur un schéma efficace : il suggérait, elle décidait ; il pensait, elle tranchait. Et si parfois, comme par inadvertance, presque par inconscience, il choisissait une sortie sans l'en informer, elle annulait sans qu'il ait son mot à dire. Il aurait aimé que son commerce pousse à la façon des plantes sauvages, elle préférait que tout soit aligné, rangé, ordonné. Un magasin constitué d'allées rectilignes d'où rien ne déborde.

Lorsque des nuages assombrissaient leur main dans la main, les nimbus, stratus et cumulus ne s'éternisaient jamais, la morosité s'éparpillait, l'azur limpide reprenait sa place. Tout se déroulait à merveille. C'était une relation somme toute assez simple.

Leur union parfaite s'était améliorée avec Gaspard et Églantine, un aîné et une cadette, dix et huit ans d'innocence. Elle voulait un garçon et une fille, qu'il se débrouille pour les lui offrir. La chance l'aida à la satisfaire, ils eurent le choix du roi.

Il s'appelait Vincent, nom de famille, Cassel. Une homonymie qui ne manquait pas d'amuser, mais c'est une autre histoire.

115

Ce matin-là, elle demanda à son mari de la rejoindre dans sa boutique à vins. Il accouru pour ne pas irriter son impatience. Elle détestait attendre, il redoutait de la contrarier.

Il s'assit face à elle dans un minimum de bruit, avec un sourire exagéré, presque du cinéma muet, pour ne pas bousculer les doigts de ses deux mains joints par les empreintes. Il connaissait cette attitude, elle le convoquait toujours ainsi, inflexible, silencieuse, résolue. Elle n'aimait pas qu'il brise son itinéraire de réflexion, donc il la laissait poser en premier un pied sur ce chemin.

— Bonjour Vincent…

Aïe, voilà bien longtemps qu'elle ne l'avait pas appelé par son prénom. Au début, elle lui donnait des mon minou, mon chéri, mon trésor, puis petit à petit, elle ne le désignait plus. Elle parlait, il s'avait qu'elle s'adressait à lui. L'amour décroissant se laissait moins agrémenter de diminutifs.

— Je t'ai convoqué parce que je dois procéder à ton licenciement.

Une, deux, trois secondes, peut-être même quatre ou dix s'écoulèrent avant qu'il ne puisse bredouiller :

— Mon li… mon li…

— … cenciement, oui. En un seul mot, parce qu'un lit avec ou sans ciment, ça ne voudrait rien dire.

Ce genre d'humour n'était pas dans son habitude. Il comprit qu'elle ne blaguait pas. Elle était calme. Très. Trop. Ce n'était pas celui qui précède la tempête, c'était pire. Le calme avant l'absence, avant le vide, comme un couvercle qui laisse échapper le néant.

Elle disait froidement qu'elle le quittait. Après, il ne resterait rien.

— J'estimais que tout se passait bien entre nous, dit-il.

— Effectivement, tout va bien, mais ça ne suffit pas. Un mariage doit être en progression constante, il ne peut pas se permettre de stagner.

— Pourtant, nous sommes ensemble depuis…

— Dix-sept ans, oui, je sais, mais que veux-tu, la conjoncture n'est pas favorable à la vie de couple, nous devons faire face à une concurrence de plus en plus acharnée. Il est plus raisonnable que nous poursuivions notre chemin chacun de notre côté.

Abasourdi, voilà, c'est certainement le mot qui définissait le plus exactement l'état de sidération dans laquelle il plongeait tête la première.

— Si je m'attendais... Je croyais être un bon mari...

Comme si ça suffisait, pensa-t-elle.

— Tu l'es, mais ton poste de conjoint grève énormément le budget du ménage sans rien apporter de significatif.

— Nos moments de tendresse, nos nuits passionnées...

— Je ne les oublie pas, mais reconnais qu'ils sont de plus en plus rares. De plus, notre relation prend du temps sur le planning général au détriment d'activités individuelles qui me seraient utiles pour conserver un équilibre mental. Je dois procéder à des coupes.

Coupé ? Tranché, oui ! Tronçonné ! Amputé ! Leur vie n'avait pas été un long fleuve tourmenté, ils avaient partagé des moments paisibles, sans vagues, sans soubresauts. Durant plusieurs jours, plusieurs semaines, ils vivaient sans conflits mais aussi, il devait l'admettre, où ils s'ennuyaient l'un avec l'autre. Des siècles monotones au cours desquels, sans se le dire, ils rêvaient l'un et l'autre d'agitation, priant pour qu'un évènement bouscule leur trop-plein de calme.

Mais Vincent ne voulait pas un raz-de-marée, pas le rejet de la femme qu'il avait chérie et qu'il aimait toujours, un peu moins c'est vrai, mais encore malgré tout. Cette femme qui annonçait leur fin, avec une absence totale de bienveillance qu'il n'osait pas ressentir telle de la froideur.

— Tu as quelque chose à me reprocher ?

— Rien, enfin, presque rien. Tu es un mari fidèle, tu as de l'humour, et entre parenthèses je suis sûre que ça te permettra de passer cette épreuve sans trop de difficultés.

— Tu me demandes de rire de la situation ?

— Je ne te le demande pas, je te le conseille. Et puisque tu me posais la question pour les reproches, c'est uniquement au niveau des tâches ménagères que tu n'assures pas. L'aspirateur, les carreaux, la vaisselle, tu ne t'en occupes pas souvent, reconnais-le.

— Je pourrais te retourner ce reproche en ce qui concerne le bricolage, le jardinage et la mécanique, c'est tout le temps sur moi que ça retombe.

Un cliché. Leur couple était devenu une photo-souvenir, une carte postale de vacances, ni moche, ni belle, mais peu originale. L'un comme l'autre aurait pu lister un nombre incalculable de tâches qu'ils s'étaient « naturellement » réparties selon un schéma bien traditionnel, la femme à la cuisine, l'homme dans le garage. C'en était consternant !

— Je ne te tiendrai pas compte de ces points faibles, dit Clara, j'en partage une part de responsabilité. Je souhaite que nous nous quittions en bonne entente. Je te signerai un certificat de conduite honorable qui te facilitera les choses pour te recaser.

Inutile qu'il exprima sa stupéfaction, son visage parlait à sa place.

— Tu n'envisages pas de retrouver une compagne ? dit-elle.

— La situation est trop nouvelle, je n'ai pas eu le temps d'y réfléchir.

— Il y a d'excellentes opportunités à l'étranger, tu sais. Tu pourrais te recycler sans problème.

— Non, non, non, je ne vais pas déménager, apprendre une langue inconnue, me familiariser avec une autre culture pour construire un couple à l'issue incertaine. À mon âge, tu te rends compte ?

— Voyons, voyons, tu n'es pas si vieux.

— Plus que toi, en tout cas.

Leur différence n'était pas si importante, quatre ans et demi, mais elle lui avait régulièrement fait ressentir, parfois avec humour, parfois avec cynisme.

— À toi de savoir la vie que tu désires ! On ne peut pas avoir le beurre et l'argent du beurre.

— Eh bien moi, je voulais la culotte de la crémière pour le même prix !

— Tu ne vas pas finir seul comme un vieux croûton au fond d'une poubelle ?

— Un vieux croûton au fond d'une poubelle ! Tu imagines de ces comparaisons, toi !

Son esprit vagabonda, il se voyait en croûton avec des bras et des jambes, une sorte de personnage de dessin animé, comme *Bob l'éponge*. Vincent était *Bob le croûton*, qui naviguait de détritus en déchets, les pattes dans les épluchures, couvert d'immondices.

— Concrètement, comment souhaites-tu que ça se passe ? dit-il en se pinçant le nez, comme s'il ressentait l'odeur des ordures.

— Je veux que les choses se déroulent proprement, je te désengage de ton préavis. Inutile de poursuivre la vie commune pendant quelques semaines...

— Non, non, non, ma chérie, je te rappelle que notre liaison ayant plus de dix ans d'ancienneté, la Convention maritale me donne droit à un délai de trois mois.

— Tu es sûr ?

— Tu pourras vérifier par toi-même. Nous en étions convenus lors de la signature, afin que chaque membre du couple ait le temps de se retourner en cas de rupture.

— Voilà une bonne nouvelle, tu es décidé à chercher quelqu'un d'autre !

— Je n'ai pas dit ça, je te rappelle simplement les termes de la législation auxquels nous nous sommes engagés à nous plier. Si tu ne respectes pas tes obligations, j'en passerai par les prud'hommes.

Ce n'était pas dans ses habitudes de proférer des menaces, peut-être même était-ce la première fois qu'il s'opposait à elle. Des années de résignation engendrent la rébellion.

Il avait toujours été soumis juste ce qu'il fallait pour que la vie continue crème, comme disait son neveu. Mais la crème devenait aigre. Il ruminait parfois trois jours entiers. Trois jours pendant lesquels il avait envie de tout foutre en l'air. Le mariage parfait, les légumes bios, les vins millésimés, les enfants choix du roi. Un besoin de partir loin, au pays des caribous par exemple. Pourquoi les caribous ? Aucune idée.

Mais Vincent n'effectuait jamais le premier pas, donc pas le deuxième ni les suivants. Il se contentait de ruminer (comme un caribou ?) jusqu'à ce que tout redevienne *crème*.

— Tu me menaces ?

— Je t'avertis, je devrais même dire je « vous » avertis puisqu'une femme avertie en vaut deux.

Oser l'affronter lui provoquait des crampes abdominales. Il tentait l'humour dans l'espoir de se décontracter rapidement. Peut-être ne l'avait-il pas assez surprise et amusée ?

— De l'ironie, c'est merveilleux dans de telles circonstances, tu prends la situation à la légère.

— Tu as quelqu'un d'autre en vue ?

— Pour tout t'avouer, je suis en contact avec un cabinet de fusion-acquisition de couples, qui songe à des projets excitants pour moi. Je serai peut-être amenée à me développer dans des investissements étrangers beaucoup moins coûteux.

— Comment ça ? Je ne comprends pas... ou plutôt, j'ai peur de comprendre.

— Tu as très bien entendu, je ferai probablement un ou deux autres enfants avec un nouveau compagnon.

La nouvelle lui tomba sur les épaules comme s'il avait lâché un haltère de cent kilos, il se voûta, se plia, se ratatina. Il avait l'impression que sa peau se fripait comme un raisin séché au soleil. Il encaissait vingt ans de plus en vingt secondes. Il n'était plus lui.

— Ça fait beaucoup d'informations le même jour... Et nos enfants, que deviennent-ils dans l'histoire ? bredouilla Vincent.

— J'ai prévu une organisation avec le service export. Ils passeront alternativement une semaine chez toi et chez moi. Pendant les vacances scolaires, nous les laisserons dans l'une de nos filiales grands-parents.

Il resta silencieux. Une envie de révolte grimpait en lui.

— Tu ne dis rien ?

— Je réfléchis. Je ne suis pas vraiment d'accord, je dépose un préavis de grève.

Le mot était lâché. Durant toutes leurs années, jamais il n'avait conçu se soustraire à quoi que ce soit. Aujourd'hui, à 10 h 38, il osait s'opposer frontalement à la femme qu'il avait accompagnée pendant des années.

— C'est la meilleure ! dit-elle. Tu n'as pas le droit. Si tu fais grève, je te réquisitionne d'office pour te soumettre à tes devoirs de couple.

— Tu m'imposes de rester pour m'obliger à divorcer ?

— Parfaitement !

— Tu crois que je vais te laisser me contraindre à vivre ici pour que tu puisses me foutre à la porte ? C'est un comble !

Il sentait qu'il n'avait pas le dessus. Il tentait de faire bonne figure, de trouver des arguments irréfutables, mais au fond de lui, il se savait dominé. Il n'osait pas s'avouer « comme toujours » et pourtant, c'était la réalité du ciment de leur couple, il en était désormais convaincu.

— Il y a six mois, tu as refusé mon augmentation de temps de loisirs. Entre nous, que je passe une heure ou deux avec mes copains n'aurait pas nui à notre relation déjà au bord du déclin.

— D'une part, ton heure ou deux aurait vite débordé sur trois ou quatre. D'autre part, puisque tu reviens dans un état d'alcoolémie avancé, ce n'est pas très agréable pour moi.

— Quand je rentre, tu dors, je ne vois pas en quoi ça te gêne que j'aie bu quelques verres.

— L'odeur me dérange. Ton haleine frelatée me dérange. Les ronflements qui suivent me dérangent.

Plus les minutes s'écoulaient, moins Vincent maîtrisait la situation. Elle avait toujours agi sur son comportement et même aujourd'hui, où il voudrait taper du poing sur la table, s'imposer, elle le dominait. Elle l'avait aimé parce qu'il disait « oui ». Au mariage, aux décisions qu'elle prenait, aux choix qu'elle tranchait pour lui.

— Tu es la première à reconnaître que mon haleine chasse les moustiques de la chambre.

— Erreur, ce sont tes pets constants qui détruisent toutes formes de vie animale à quinze mètres à la ronde. Je me suis fait nettoyer les poumons pour éviter les métastases.

— Alors, ça, pour flamber l'argent inutilement, tu ne manques jamais d'idées.

— Autre chose, lorsque tu reviens, tu n'es plus guère en état de satisfaire au devoir conjugal auquel tu t'es engagé le jour de notre mariage. Pour le meilleur et pour le pire, je te le rappelle.

121

C'est vrai, j'ai signé... sans imaginer que les années passant, le meilleur s'effacerait devant le pire jusqu'à devenir un cocktail plus amer que sucré.

— Tu dois aussi admettre que tu ne mets pas les conditions vestimentaires optimales pour me donner envie de toi. Ton vieux pyjama, excuse-moi de le dire *(mais pourquoi s'excusait-il toujours de dire ?)*, c'est un tue-l'amour.

Vexée, Clara était.

— Très bien. Je vais m'offrir une jolie nuisette, en dentelle de Gênes noire, incrustée de petites perles de culture.

— Encore de l'argent foutu en l'air.

— Elle réjouira mon nouveau compagnon. Peu importe le prix, je le déduirai de tes indemnités de licenciement.

— C'est la meilleure !

— Je le sais que je suis la meilleure, je te remercie de le souligner. Sur ce, je te prie de me laisser. Tu peux prendre tes petites affaires et partir immédiatement, nous réglerons les derniers détails par le biais de nos avocats.

Vincent sortit, abattu.

C'est ainsi que prit fin l'amour qui unissait une marchande de vins millésimés et un maraîcher de légumes bios. Les deux ne s'accommodaient plus.

Eh bien, ça n'a pas été simple, mais je ne m'en tire pas trop mal, pensa-t-elle. *J'avais peur qu'il fasse jouer la clause de non-concurrence, il n'y a pas songé. Erreur de débutant !*

Elle prit son téléphone, composa rapidement un numéro.

— Boris, tu peux me rejoindre, le problème est réglé. Je t'attends dans ma chambre.

Clara se réjouissait d'entamer une nouvelle histoire d'amour.

Vincent se désolait que l'ancienne soit achevée. C'était décidé, il irait samedi à ce club dont on lui avait parlé. Il ne savait pas trop ce qui s'y passerait, mais la sortie lui changerait les idées.

***

Vincent se nommait Cassel, mais il n'était pas Vincent Cassel. Ses parents, Michel et Marie-Annick Cassel, lui avaient donné ce prénom en hommage à Van Gogh, leur fils ayant l'oreille droite plus petite que la gauche.

C'était en 1964, deux ans avant la naissance de son célèbre homonyme. Comme répétait souvent le Vincent obscur : « J'ai deux ans de plus, je suis l'original, il n'est qu'une copie ». Tant que les deux Vincent furent enfants, cette similitude ne sauta pas aux yeux, puisque personne ne connaissait l'autre.

C'est à partir de *La Haine*, le film de Mathieu Kassovitz, que Vincent Cassel acquit une importante renommée et que les amis du Vincent méconnu lui lancèrent des vannes. Ce n'était pas méchant, mais ça devenait lassant que ses potes l'appellent Vinz, comme le personnage joué par l'acteur.

Physiquement, la ressemblance n'existait pas. Ni le visage ni la corpulence, car l'anonyme pesait le même poids que la star pour une taille inférieure de vingt centimètres…

16
L'ENNUI NOUS ENNUIE

Pour être honnête, l'obscur Vincent Cassel profitait de certains avantages à porter ce nom. Quand il réservait une table au restaurant, son interlocuteur demandait « Vincent Cassel, LE Vincent Cassel ? ». Il répondait oui, LE Vincent Cassel. Que voulez-vous qu'il dise d'autre ? Ce n'était pas mentir puisque c'est ainsi qu'il s'appelait.

Cette homonymie simplifiait également les prises de rendez-vous, par exemple avec sa banque. Mais cela ne facilitait pas l'obtention d'un crédit. En regardant ses relevés de compte, l'employé constatait très vite que ses revenus n'étaient pas ceux d'une star.

Parfois, Vincent Cassel jalousait Vincent Cassel. Lui aussi aurait aimé connaître la célébrité. Il aurait voulu être une bête de scène, une sorte de Mick Jagger. Ou de Keith Richards. Ado, il avait essayé de jouer de la guitare, mais il abandonna l'instrument et ses rêves de gloire quand ses doigts furent trop meurtris par les cordes.

Vincent s'intéressa alors aux légumes bios ou anciens (pourquoi ne pourrait-on pas passer d'une passion à une autre comme d'un coq à un âne ?). Il fit pousser quelques spécimens rares dans le jardin de ses parents, et puis, de rutabagas en panais, devint maraîcher avec une jolie boutique en ville. Vincent aimait à supposer que Vincent la star apprécierait une petite vie tranquille comme la sienne.

C'est grâce aux végétaux qu'il fit la connaissance de Clara et vécut avec elle quelques années de bonheur. Jusqu'à ce que… Effet collatéral de leur séparation, en même temps qu'il perdait Clara, son goût pour les vieux légumes disparut. Il abandonna le maraîchage pour ne plus se nourrir que de conserves, de surgelés et de sandwichs.

Son meilleur ami s'appelle Philippe Martin. D'après Internet, Martin est le nom de famille le plus répandu en France. Philippe aurait aimé un patronyme plus original, comme Vincent Cassel, par exemple.

Philippe et Vincent s'étaient connus sur les bancs de la troisième, ou plutôt durant les heures de colle qu'ils partagèrent plus d'une fois. Leur amitié était née lorsqu'ils se découvrirent une passion commune pour la bande dessinée en général et *Fluide Glacial* en particulier. Ils discutaient pendant des heures de *SuperDupont*, *Carmen Cru*, *Les Idées noires* et de leur famille de beauf préférée, *Les Bidochon*.

Le midi, lorsqu'il faisait beau, Vincent et lui se retrouvaient dans le square Jacques Brel pour manger un sandwich. Ils ne parlaient plus trop de BD. En quelques dizaines d'années, leurs lectures étaient passées de boulimiques à sporadiques jusqu'à devenir marginales. Étaient-ce les héros qui avaient vieilli ou eux ? Oh, bien sûr, ils échangeaient parfois quelques souvenirs de *Pervers Pépère* ou de *Jean-Claude Tergal*, mais ça n'allait jamais au-delà du rapide rappel d'un gag ou d'une réplique.

Le reste du temps, ils mâchaient silencieusement, négligeant la superbe indifférence des inconnus qui défilaient devant eux.

— Qu'est-ce qu'on s'emmerde ! dit Vincent entre deux bouchées.

— Ne m'en parle pas.

C'était la phrase fétiche de Philippe, sa réponse *ad hoc* (comme le Capitaine, qu'ils adoraient) pour quasi toutes les situations. « Il fait beau… Ne m'en parle pas ». « On est en retard… Ne m'en parle pas ». « C'était nul… Ne m'en parle pas ».

— Si, justement, je t'en parle, dit Vincent. Quand je m'emmerde, j'ai besoin de le partager avec quelqu'un et puisque je suis avec toi, je te le dis.

— Tu espères que je trouve une occupation pour ne plus nous barber ?

— Bien sûr que non, je sais que tu t'embêtes tout autant que moi.

— Tu t'appelles Vincent Cassel, tu ne devrais pas t'ennuyer.

— Je me demande à quoi il s'occupe en ce moment, le comédien.

Leur conversation aurait pu s'achever là, ils seraient retournés à leurs sandwichs. Rosette-beurre avec plein de cornichons pour l'un, rillettes d'oie pour l'autre. Mais, peut-être était-ce le beau temps qui leur donna envie de poursuivre ?

— Comment pourrais-tu me trouver une occupation alors que tu n'en as même pas pour toi ? dit Vincent.

— Ce n'est pas faux, répondit son ami.

Seconde phrase fétiche, également adaptée à de nombreuses circonstances. Ou aux mêmes. « Il fait froid… Ce n'est pas faux ». « On est en retard… Ce n'est pas faux ». « C'était nul… Ce n'est pas faux ».

— Pour ne plus nous ennuyer, il faudrait qu'on s'occupe.

Deux pigeons s'approchèrent des pieds de Vincent en tortillant des plumes, telles des danseuses du Moulin Rouge. Ils venaient picorer les miettes qu'il laissait volontairement tomber au sol.

— C'est évident, mais quoi ?

Le plus balèze des volatiles piquait systématiquement la pitance de son comparse. Il pourrait tranquillement becqueter dans son coin, mais non, il préférait voler la part de l'autre.

— On joue aux cartes ? proposa Philippe sans grande conviction.

— J'ai horreur de ça, répondit Vincent.

— Tant mieux, je n'ai pas de jeux de cartes sur moi.

Comment distingue-t-on le mâle de la femelle, chez les pigeons ? pensa-t-il. *Est-ce le gros, le mec ? C'est possible, il bouffe comme quatre et il roule des mécaniques, une attitude de macho.*

— On regarde les gonzesses passer dans la rue ?

— Elles sont trop belles, ça me déprime.

— Ne m'en parle pas.

Ou alors c'est la femelle ? Si elle est en cloque, ça explique pourquoi elle est énorme et pourquoi elle mange autant. Elle a besoin de nourrir les petits pigeonneaux qui poussent.

— Si on était mariés, on s'emmerderait moins, dit Philippe.

— Bof... Au début, avec Clara, on avait mille occupations, mais avec les années, on a fini par s'ennuyer l'un l'autre.

— Je disais ça pour passer le temps...

L'esprit de Vincent continuait d'être absorbé par les oiseaux. Pourquoi il me regarde, le gros ? Il guette si je vais jeter de nouvelles miettes ? Il est malin, lui ! Je croyais que c'était naze un pigeon, mais en fait, pas tant que ça. Égoïste mais pas con.

— L'autre jour, j'ai traversé la rue les yeux fermés, poursuivit son copain. J'espérais une aventure, de l'imprévu, de l'inconnu, une péripétie qui bouscule ma routine...

— Et alors ?

— Rien ! Ces imbéciles ont freiné pour ne pas m'écraser !

— On ne peut plus compter sur personne. Si tu avais été Vincent Cassel...

— Toi ?

— L'autre. Les gens se seraient arrêtés pour te prendre en photo.

— Ou ils m'auraient percuté et projeté à vingt mètres, mais j'en serais sorti indemne.

Dès qu'il tourne la tête, je fais tomber une miette pour voir s'il la repère. Vas-y, regarde ailleurs, là-bas, mais regarde !

— Ils ne m'ont ni insulté ni klaxonné. Des bruits de freins, c'est tout. J'ai fini mon trajet sur le trottoir d'en face comme un pauvre mec qui s'emmerde.

— Quel désespoir !

— Je n'ai même pas été triste. Au moins, j'aurais été occupé un moment à pleurnicher sur mon sort. Que dalle !

Il ne me quitte pas des yeux. Je me demande si Philippe l'a remarqué. Je ne crois pas. Il bouffe, il ne fait attention à rien. Il ne fait pas tomber de miettes, alors bien sûr, les pigeons s'en foutent de son sandwich.

— Mon pauvre.

— C'est sûr ! Si on était riches, on s'occuperait à claquer du fric. Ça doit être amusant de cramer des biftons sans réfléchir.

Il me regarde bizarrement, ce gros. Il ne va quand même pas me sauter dessus pour bouffer mon casse-dalle ?

— On pourrait tenter un Loto ?

— Je n'aime pas jouer quand je perds. Je ne parie que si je suis sûr de gagner.

— Impossible, ça ferait des jaloux.

— Ce n'est pas faux.

La pigeonne aussi doit être jalouse. C'est décidé, la plus petite est la femelle. C'est dans l'ordre des choses. Les mecs ont des gros bides, les dames font attention à leur ligne.

— Ils ont de la chance, les envieux, ils passent leur temps à jalouser les autres, ça occupe, ils ne s'ennuient pas. J'aimerais bien être jaloux de ma femme.

— Ta femme t'a quitté.

— Ah oui, c'est vrai…

Je me demande comment ils s'appellent entre eux, les pigeons. Brou-brou et Drou-drou ? Ça y est, il regarde derrière. Je ne sais pas ce qu'il a vu. Vite une miette ! Non, deux. Trois. Tu peux te retourner, ça y est, c'est servi. À table !

— Je pourrais être envieux des couples ? Dès que j'en croise un dont la femme me plaît, je me persuade qu'elle m'était destinée et que son salopard de mec me l'a piquée avant que je ne la rencontre. Je deviens jaloux, je l'espionne, je cherche à lui nuire pour récupérer cette femme qui aurait pu être la mienne…

— Ces deux-là, par exemple ?

— Pas lui, regarde sa bonne tête, je ne peux pas en vouloir à quelqu'un de sympathique. On doit trouver un mari rébarbatif, un vilain, un rustre…

— Je n'en vois pas dans cette rue. On cherche ailleurs ?

— Non, la flemme. Tant pis, je ne serai pas jaloux.

Merde, il a bouffé les miettes, je ne l'ai pas remarqué ! Oh le con !
C'est de la faute de Philippe ! Lui, il s'en fout des pigeons, il regarde
autre part !

— On dirait qu'il va flotter...

— Le soleil est magnifique.

— Fais-moi confiance, un jour ou l'autre, la pluie tombera.

Si j'envoie un bout de pain près de l'arbre, le piaf tournera la tête
et pendant ce temps, hop-là, j'en jette trois ou quatre devant moi. Pas
bête... Ah non, ça ne va pas, il va le chercher derrière et ne reviendra
peut-être pas.

— Je n'aime pas la pluie, ça m'incommode.

— Ça mouille, aussi.

— C'est pour ça, j'ai horreur d'être trempé.

— Avec un parapluie, on reste au sec.

— Je n'en ai pas, je trouve ridicule de marcher avec un parachute
au-dessus de la tête. Tu crois que Vincent Cassel prend un pébroc
quand il flotte ?

Il mate derrière ! Vite, des miettes ! Plein ! Ça va être l'orgie, mon
pote. Quand il va se retourner, il ne comprendra pas comment il a pu
laisser échapper un tel festin ! La tronche qu'il va se taper !

— Pourquoi tu souris ?

— Hein ?

— Tu mates le pigeon, t'as la banane, tu le dragues ?

— T'es con !

— On y va ?

— Je n'ai pas fini mon sandwich.

— Qu'est-ce que tu as foutu ? Tu le mangeras en rentrant.

Il a compris, j'en suis sûr. Le gros m'observe avec la tête de
quelqu'un qui écoute mes paroles. Il sait que si je pars, adieu les
miettes. Il est incroyable, celui-là.

— Je laisse mon casse-dalle sur le banc.

— C'est dégueulasse.

— C'est pour mon pote.

— Ton pote ?

Philippe me regarda poser le morceau de pain. Le morfal eut un léger mouvement de recul, à peine un demi-pas de pigeon, il était en confiance, il avait compris que je ne lui voulais pas de mal et qu'il allait s'en foutre plein la panse. Il nous observa, vérifia que nous étions suffisamment éloignés et sauta sur le banc. Sans prévenir sa gonzesse ! Salaud !

— T'as l'air content ?

— Et lui, dis-je en désignant l'affamé qui se ruait sur le gueuleton, tu ne trouves pas qu'il est jouasse ?

Je me demande si Vincent Cassel partagerait son sandwich avec un pigeon ?

Philippe se frottait le ventre en grimaçant. Bien fait pour lui, avec sa manie de demander une triple dose de cornichons dans ses sandwichs, maintenant, il ressentait des aigreurs.

— Vas-y, bouffe tout un bocal, tant que tu y es ! râlait son père quand il venait déjeuner chez ses parents.

— Ne lui dis pas ça, bougonnait sa mère, il va attraper un ulcère à l'estomac.

Elle ne se doutait pas que Philippe l'avait fait plus d'une fois !

Arrivé à son magasin, il avala un sachet de Gaviscon pour calmer les remontées d'acide. Il ne devait pas paraître mal en point devant les visiteurs. Avoir l'air jeune et en bonne santé est primordial dans son boulot. Mettre en confiance, rassurer, tranquilliser, sécuriser pour que les clients aient envie de concrétiser une commande.

Quand on lui demandait son métier et qu'il répondait commerçant, invariablement, les gens voulaient savoir ce qu'il vendait. Il répondait, en fredonnant une chanson de Bashung, qu'il tenait une petite boutique un peu particulière…

17
MORT EN PROMO

Quand Christine pénétra dans le magasin, Philippe se tenait derrière le comptoir et fredonnait *« Ma petite entreprise connaît pas la crise »*. Il aimait cette chanson qu'il trouvait on ne peut mieux adaptée à son métier : croque-mort.

On peut ne jamais passer la porte d'un coiffeur ou d'un décorateur, disait-il, mais chez un employé des pompes funèbres, on y entre tous un jour ou l'autre. Les pieds devant le plus souvent, c'est vrai.

Mais il arrivait aussi qu'on y aille debout et en pleine forme, ce qui était le cas de Christine en ce jour où elle rendit visite à monsieur Philippe Martin, gérant de la société « Au Repos éternel ».

La particularité de cette petite entreprise (♫ qui ne connaît pas la crise ♪) outre les activités classiques du genre mise en bière et transport vers le cimetière, était de proposer un service de décès sur commande. Le concept était venu à Philippe après avoir lu *« Le magasin des suicides »*, le roman de Jean Teulé. Il trouva l'idée excellente et décida de transposer la fiction dans la réalité.

C'est ainsi qu'il ouvrit cette jolie petite boutique en plein cœur de la ville.

Contrairement à ce à quoi on pourrait s'attendre dans une telle échoppe, Philippe Martin n'était pas un homme lugubre, il portait d'ailleurs des chemises à fleurs multicolores pour afficher une joie de vivre rassurante. Son magasin n'accueillait pas que des désespérés. Des malheureux qui se jettent par la fenêtre ou se pendent dans le jardin, n'ont rien à voir avec sa clientèle.

— Bonjour, Madame ! dit-il lorsqu'elle entra, que puis-je faire pour vous être agréable ?

— Bonjour, Monsieur ! Je voudrais mourir, tout simplement.

— Pas de problème, vous êtes à la bonne adresse. L'entreprise *Au Repos éternel* est spécialisée dans le trépas sous toutes ses formes.

— C'est un ami qui m'a recommandé votre établissement.

— Vous l'en remercierez de ma part.

— Impossible, il est décédé il y a deux semaines. Il vous avait acheté une embolie pulmonaire dont il m'a murmuré dans un soupir déchirant qu'il était très satisfait.

— Vous m'en voyez ravi. Rien ne me fait plus plaisir que le dernier repos de mes clients.

Sa manière de s'exprimer sans détour, rassura Christine. Elle se sentait en confiance avec lui, elle était entre de bonnes mains pour rendre l'âme.

— Comme je vous disais, je souhaiterais organiser ma mort.

— Avez-vous projeté une date ?

— Est-ce envisageable la semaine prochaine ? Je m'y prends peut-être un peu tard ?

— Ce n'est pas faux, Madame, mais sachez qu'*Au Repos éternel*, nous proposons un service de dernière minute, certes plus cher, mais très apprécié par celles et ceux qui n'avaient pas anticipé leur décès. Nous offrons également la programmation, qui permet de décider du jour de sa mort jusqu'à deux ans en avance. C'est très pratique quand on doit régler de nombreuses affaires personnelles.

En bon commercial qui ne lâchait pas sa proie, il s'empressa de sortir le lourd classeur dans lequel était réunie toute sa documentation. D'un doigt familier, il tourna les feuillets plastiques pour lui présenter les différentes formules mises à disposition de la clientèle.

— Les procédés dépendent de la mort que vous souhaitez et de votre budget. Par exemple, le décès *Koh-Lanta* connaît un grand succès en ce moment. On vous largue dans la jungle avec un couteau et vous devez éviter de survivre. Généralement, la disparition intervient en moins de douze heures, vous serez dévorée par un tigre, étouffée par un serpent ou vidée de votre sang par une colonie de fourmis rouges.

— Douze heures ? Je risque de trouver le temps long, dit Christine.

— Pensez-vous ! Vous en profiterez pour rendre visite aux baobabs, partager une mangue fraîche avec un chimpanzé, voire rencontrer par hasard un sympathique autochtone qui vous fera don de ses ardeurs pour que vous goûtiez au septième ciel avant d'y monter. Une façon d'achever votre parcours terrestre sur un feu d'artifice.

L'idée de s'envoyer en l'air une dernière fois avant de quitter cette bonne vieille planète n'était pas pour déplaire à la candidate au trépas.

— Comme c'est excitant ! Est-ce qu'on peut sélectionner le sympathique autochtone rencontré par hasard ? demanda-t-elle.

— Bien entendu. Nous possédons un fichier avec mensurations, photos et test Q.I. régulièrement mis à jour. Toutefois, je dois préciser que si vous prolongez votre liaison avec le sympathique autochtone rencontré par hasard et choisissez de ne plus décéder, vous devrez nous verser une indemnité égale au montant du forfait souscrit. Cela en compensation des frais de tigres, crocodiles et fourmis rouges.

— C'est normal. De toute façon, je n'ai pas l'intention de renoncer à mon projet. J'économise depuis des mois pour m'offrir la mort de mes rêves, je ne vais pas faire demi-tour pour la gaudriole quelques instants avant de passer l'arme à gauche.

— Ce n'est pas faux, et vous m'en voyez ravi.

Ah la la, ces commerciaux, pensa-t-elle, *ils sont toujours d'accord avec la clientèle, quoi qu'on dise. Peu importe, après tout, je ne vais pas lui reprocher de correctement pratiquer son métier.*

— Ah, j'oubliais un autre avantage, poursuivit-il, vous ne payez que le voyage aller si vous vous faites enterrer sur place.

— C'est très économique, vous prévoyez tout.

— Si vous aimez les films d'action, choisissez la formule *Fast and Furious*. Nous vous fournissons un bolide spécialement préparé et on vous lâche sur l'autoroute à contresens, accélérateur bloqué sur 240. Le petit détail que vous ne manquerez pas d'apprécier au dernier instant : la pédale de frein ne réagit pas quand on la sollicite.

— C'est dangereux !

— Ce n'est pas faux, c'est la raison pour laquelle cette formule garantit un départ pour le grand voyage en moins de deux minutes, avec une belle montée d'adrénaline. C'est offert sans aucun supplément, je tiens à le souligner.

Les sensations fortes, très peu pour moi.

Elle lui expliqua à mots couverts qu'elle n'avait pas envie de périr dans un bain de sang, les boyaux écrabouillés, les membres broyés, les chairs déchirées. Elle préférait un décès plus romantique. Il sourit d'un air compréhensif.

— Si je peux me permettre une parenthèse, dit-il sur le ton de la confidence, méfiez-vous des vendeurs de sommeil éternel en ligne. Vous rencontrerez beaucoup d'escrocs qui vous feront payer sans que vous ne voyiez jamais rien venir. Trois mois plus tard, vous êtes encore en vie ! Imaginez votre déception quand vous constatez que vous n'êtes pas morte ! De quoi se flinguer, n'est-ce pas ?

Il sourit, plutôt satisfait de cette formule appropriée. Pour lui montrer qu'elle était raccord avec son humour noir, elle répondit :

— Ne m'en parlez pas, si je ratais mon décès, j'en crèverais !

Ils partirent tous les deux dans un rire franc qui fit du bien au moral de la dame. Depuis le temps qu'elle réfléchissait sur cette disparition, elle ne voyait pas la vie en rose. Blaguer sur son dernier repos lui donna une impulsion d'énergie. Oh, rien qui ne remette en question sa décision, elle rassura immédiatement le vendeur qui parut soulagé.

— Pour en revenir à la mort romantique qui semblait vous intéresser, je vous recommande la formule *Coup de foudre à Notting Hill,* qui propose un véritable coup de foudre. Notre établissement se charge de trouver un arbre et un orage de première catégorie, parfaitement adapté à votre profil. Vous n'aurez rien à faire d'autre que de vous planter dessous. En quelques heures, vous serez grillée comme une merguez.

— Je ne les digère pas... Pourrais-je être grillée comme une chipolata ?

— Habituellement, nous ne changeons pas les formules, mais vous m'êtes sympathique, je ne voudrais pas que vous viviez centenaire à cause de moi. Va pour la chipo ! Vous la préférez nature, je suppose ?

— Oh oui, je suis allergique aux herbes. Je risquerais de m'étouffer.

— D'accord, ne provoquons pas les ennuis, ce serait agaçant que vous décédiez avant de mourir. J'ai omis de vous parler d'une promo très intéressante sur le procédé *A star is born*. Nous organisons un trépas relayé par toute la presse. Une façon de connaître la gloire *a posteriori*.

Le fameux quart d'heure de célébrité auquel chacun aspire. La proposition la tenta.

— Tout le monde me dit que je suis insignifiante, voilà une jolie manière de leur prouver que j'existe ! Ce serait quel type de mort ?

— C'est différent chaque fois, c'est ce qui est amusant. Vous ne savez pas à l'avance à quoi vous attendre. Pour vous donner un exemple, un de nos clients s'est jeté nu du haut de la tour Eiffel avec une pancarte autour du cou sur laquelle était écrit « *J'arrive de la planète Jupiter* ». Les journaux en ont parlé pendant près d'une semaine. Ils ont arrêté lorsque les laboratoires d'analyses ont révélé que la victime ne venait pas de Jupiter, mais de Chanteloup-les-Vignes.

— C'est moins exotique. Néanmoins, tous ces programmes sont trop violents pour moi, je préférerais une petite disparition tranquille, dans mon lit par exemple...

L'air avenant de Philippe se ferma aussitôt. Il était vexé que la cliente rabaisse son activité haut de gamme à de bêtes décès classiques.

— Désolé, Madame, vous vous trompez d'adresse. Nous n'effectuons pas ce genre de crépuscules de vie au rabais. Pour une modeste fin proprette, je vous conseille d'aller dans un supermarché.

135

Ils proposent des promotions à des prix défiant toute concurrence... Libre à vous de choisir un dernier repos banal dont vous ne garderez aucun souvenir.

— Je ne voyais pas les choses sous cet angle... Est-ce que je pourrais vivre une mort à la fois douce et... pas douce... un accident de pêche, par exemple, c'est pas mal, non ?

Il tapota nerveusement avec ses doigts sur le comptoir, sans doute agacé de ne pas parvenir à lui vendre ce qui était le plus intéressant. Sa commission sur les petites disparitions tranquilles était moins juteuse que celle sur les éliminations à grand spectacle.

— Je préfère l'accident de chasse, mais bon, chacun ses goûts, personnellement je ne digère pas le poisson. Je peux vous proposer la formule *Les dents de la mer*. C'est une partie de pêche au gros sous les tropiques, avec chute dans l'eau garantie et un squale de plus de deux mètres qui vous dévore en quelques minutes.

— C'est sans doute douloureux lorsqu'un requin vous croque ?

— Ce n'est pas faux, mais pour ma part, je n'ai pas essayé.

— En tout cas, c'est impressionnant...

— Généralement, les prestataires n'en reviennent pas ! dit-il avec un petit clin d'œil complice.

— Est-ce que vous possédez un Livre d'or ? J'aimerais voir les commentaires de vos clients ?

— Tout à fait, Madame, le voici.

Le vendeur posa devant elle un énorme album relié de cuir rouge à la tranche dorée. Une sorte de grimoire mystérieux. Elle l'ouvrit avec une impatience... rapidement déçue, car toutes les pages étaient blanches ! Le commerçant étala un large sourire satisfait.

— Voilà la preuve de l'efficacité de notre travail, Madame, aucun mort n'est revenu se plaindre !

Il l'avait convaincue. Elle prit la documentation et promit de repasser très vite lui faire part de son choix. Alors qu'elle s'apprêtait à sortir du magasin, il ajouta :

— La semaine prochaine, nous organisons une opération commerciale *Tarantino*. Les cartouches sont à prix coûtant pour tous les cadavres criblés de balles. Ça va être saignant.

— C'est noté, Monsieur, à très bientôt.

Elle s'éloigna avec des images de sommeil éternel plein la tête.

Comment allait-elle disparaître, elle ne savait pas encore, mais une chose était sûre, elle était maintenant certaine de fermer les yeux de belle manière.

Toute à sa satisfaction, elle traversa la rue d'un pas décidé... sans remarquer la grosse voiture noire qui roulait à toute vitesse dans sa direction. Le conducteur tenta de freiner, trop tard, l'automobile la percuta dans un crissement de pneus. Le choc fut violent. D'après le rapport de police, on retrouva son corps totalement disloqué près de dix mètres plus loin.

Alerté par les cris des passants, Philippe se précipita pour regarder. Il soupira d'un air déçu : « Satanée circulation, encore un défunt de perdu ! ».

La famille fit appel à ses soins pour les prestations de pompes funèbres. Pour l'instant, Christine était installée dans un cercueil très confortable, dans l'attente d'être conduite au cimetière. Elle se demandait comment l'embaumeur l'avait arrangée. Elle rêvait d'être une jolie morte, comme sa mère. Les ravages du cancer effacés de son visage, elle était redevenue cette femme souriante et enjouée dont tout le monde vantait le bonheur de partager la compagnie.

Peut-être mettront-ils un miroir pour que je me regarde ? se dit-elle.

Elle leur faisait confiance, certaine que l'événement était organisé de façon remarquable. *Au repos éternel*, personne ne se plaignait du service.

Comme tous les défunts, Christine trouvait le temps long, étendue dans son cercueil. Allait-elle être enterrée ou incinérée ? Elle s'interrogeait sur ce que sa famille avait décidé. Quand on meurt écrasée par une voiture, on n'a pas prévu de laisser des instructions, c'est ennuyeux.

Pour occuper son esprit vacillant, des pensées de différents moments de sa vie défilèrent. Des événements anecdotiques, par exemple son premier vélo, le gâteau à la fraise de ses dix ans ou ce magnifique manteau rouge qu'elle s'était offert avec sa première paye. Des souvenirs amusants, comme la fois où elle était allée en cours en chaussons, car elle avait oublié de se changer. Des péripéties embarrassantes, notamment le jour où elle était sortie des toilettes du bureau, la jupe coincée dans sa culotte et qu'elle avait défilé devant ses collègues sans se douter de rien (et sans que personne ne l'en informe, sympas les copains !).

De méandres en détours, de dédales en sinuosités, ses rêveries *post mortem* aboutirent à cet étrange événement qu'elle avait vécu à son travail…

18
TU N'ES PAS BIEN AVEC MOI ?

C'était un lundi matin. Christine n'avait aucun doute sur ce point, car chaque premier jour de la semaine, sa collègue Carmen apportait des mini-viennoiseries. « Pour commencer avec le sourire », disait-elle. Ils en avaient besoin. Christine, que ses meilleurs amis appelaient Chris, travaillait à la Sokapo depuis trois ans (et même trois ans et demi).

Christine avait pris un mini-pain au chocolat et un mini-pain aux raisins. Ce n'était pas très raisonnable pour sa ligne, mais triple zut, après tout, elle ne voyait pas pourquoi seuls les autres bosseraient dans la bonne humeur.

Christine avait rejoint son bureau avec son café et ses petites douceurs (c'est ainsi que Carmen disait : « J'ai apporté des petites douceurs » avec un ton enjoué, comme si c'était une surprise, alors qu'elle appliquait ce rituel depuis des semaines).

« Bureau », le mot était prétentieux, car elle travaillait dans un vaste open space, îlot numéro sept. Son espace était une « cage » (ainsi que la nommait monsieur Pichel, le chef de service. « Tout le monde dans sa cage ! », criait-il chaque matin), c'est-à-dire un meuble

139

avec deux tiroirs, sur lequel était posé un ordinateur, encadré par des parois à mi-hauteur. Question intimité, c'était ultra limité.

Chacun personnalisait son coin avec des photos collées sur les cloisons (pas plus de quatre par personne, précisait le règlement). Christine avait punaisé son mari, ses enfants et son chien. La majorité des employés décorait de la même façon. Une manière de montrer qu'on avait une famille. Les regarder sourire l'aidait à écouler les heures. Les journées. Les mois. Et aussi les années. Sur les images, ses proches ne vieillissaient pas, elle avait l'impression qu'elle non plus. Tant qu'elle ne croisait pas son reflet dans un miroir, bien sûr.

C'est à partir du moment où Christine alluma son ordinateur que tout bascula.

« BONJOUR CHRISTINE » s'afficha sur l'écran. Ce message l'avait surprise. Elle supposa qu'un collègue lui avait fait une blague en programmant cette annonce d'accueil. Sans doute Maxime, c'était son style de bidouiller ce genre de petites bêtises qui réjouissaient tout le service. Ils en auraient ri ce midi lors de la pause-déjeuner. Ce gag l'amusa et lui insuffla une bonne dose de courage pour se lancer dans le travail. Quel boulot la nourrit ? Est-on plus avancé de savoir qu'elle effectue chaque jour de laborieuses et déprimantes tâches de comptabilité ? Sans doute pas.

Alors qu'elle s'apprêtait à entrer les écritures concernant leur filiale en Islande, l'ordinateur afficha un message. « TU ES SÛRE ? », disait-il.

— Pardon ? dit-elle à haute voix sans s'en apercevoir.

— Tu m'as appelée ? demanda Carmen, dont la « cage » se trouvait derrière la sienne.

— Non, je parlais à voix haute, répondit-elle encore troublée. Ce n'est rien, désolée de t'avoir dérangée.

« Sûre de quoi ? », pensa Christine en observant le tableau Excel affiché sur son écran. De rentrer les chiffres ? Bien sûr que oui, j'effectue cette opération depuis trois ans (et même trois ans et demi) ! Auraient-ils modifié le programme pour que celui-ci vérifie les calculs que chaque employé exécute à l'ouverture de l'application correspondante ?

Plus intriguée qu'inquiète, elle tapa 1 984,00, le montant des indemnités kilométriques de Keradec, le représentant sur le secteur Bretagne. Lorsqu'elle appuya sur la touche «Entrée», l'écran afficha «JE NE VEUX PAS».

«Je ne veux pas»? s'exclama Christine.

— Tu ne veux pas quoi? dit Carmen.

— Il y a un truc étrange sur mon ordi. Il refuse que j'intègre les frais dans la récap compta, je ne comprends pas.

— Comment ça, «il refuse»? dit Carmen en passant la tête au-dessus de la cloison de séparation.

Il faut savoir que le règlement interdit rigoureusement de perdre du temps à échanger avec ses collègues de «cage» pendant les heures de travail. Mais le personnel aime transgresser cette loi dès que Pichel tourne le dos. C'est leur petit sentiment de liberté, leur esquisse de sensation d'indépendance.

— J'ai tapé le montant des frais, j'ai appuyé sur Retour et un message a dit «Non».

— Qui a dit «Non»?

— L'ordinateur, il l'écrit, regarde!

Carmen se pencha un peu plus et constata qu'effectivement, le PC refusait d'exécuter l'action que Christine lui demandait.

— C'est marrant, ça, dit-elle. Ne bouge pas, j'essaie de mon côté.

Elle ne risquait pas de se déplacer, c'était totalement interdit en dehors des pauses programmées. Deux secondes plus tard, Carmen confirma.

— Moi non plus, il n'accepte pas. Ils ont dû installer un contrôle d'erreurs automatique.

— Ce n'est pas une erreur, je tape cette opération chaque jour depuis trois ans.

— Et même trois ans et demi, si je ne me trompe, précisa Carmen.

— S'ils avaient modifié la procédure, nous aurions reçu une note interne par la messagerie, Pichel nous aurait fait signer une circulaire imprimée et elle serait affichée à l'entrée.

Carmen réintégra rapidement sa cage avant que les caméras de surveillance ne la repèrent. Pour sa part, Christine décida de remettre l'enregistrement des dépenses à l'après-midi. Après tout, ce n'est pas parce qu'elle avait toujours débuté ses journées par les frais de déplacement du secteur Bretagne, qu'elle ne pouvait pas changer. Au diable la routine ! Elle allait se consacrer à l'état des stocks qu'elle mettait à jour habituellement à partir de 11 h 15. Ce ne sont pas des mini-bouleversements qui nuiront à son efficacité. Ni à ses appréciations de fin d'année. Du moins, elle l'espérait.

Elle ouvrit le dossier « Achat de fournitures » et commença l'intégration du montant des valeurs matières premières. L'ordi opposa un nouveau refus, avec un peu plus d'insistance, de fermeté même, puisqu'il écrivit : « TU RETOURNES AU RÉPERTOIRE INDEMNITÉS KILOMÉTRIQUES. TU NE DOIS PAS T'OCCUPER DES APPROVISIONNEMENTS EN PREMIER ».

Elle n'eut pas le temps de dire quoi que ce soit, que Carmen passait de nouveau la tête au-dessus de la paroi de séparation (deux fois en quelques minutes, ce n'était plus de l'indépendance, c'était de l'insurrection !).

— Mon ordi refuse d'exécuter l'opération que je lui demande, dit-elle

Christine se dressa d'un bond. Elle aperçut alors des dizaines d'autres visages qui dépassaient des cloisons pour communiquer avec leurs voisins et voisines de cages. Un brouhaha de désarroi envahit l'open space, un bourdonnement de contestation.

— Qu'est-ce que c'est que ce binz ? dit Jérôme.

— Ça cafouille total, lança Fanny.

— Mon ordinateur déconne ! cria Maxime.

— Je vais être en retard, lâcha Lily

— Ce n'est pas grave, on a le temps, dit Nina

— Tout le monde dans sa cage ! hurla Pichel. Je ne veux entendre que le bruit des doigts qui tapent sur les claviers.

Les têtes disparurent derrière les parois, comme des marionnettes au Guignol.

« OK, monsieur l'ordinateur, tu refuses que je sorte de mes habitudes, tu crois pouvoir imposer ta loi ? Tu vas voir qui commande ici ! ».

Elle décida d'éteindre et de rallumer la machine pour remettre les choses en place. C'était une suggestion des notices techniques qu'elle avait toujours trouvée stupide. Est-ce qu'on éteint et redémarre sa voiture lorsqu'elle a un problème de clignotant ? Est-ce qu'on éteint et rallume la cafetière lorsque l'eau ne coule pas ? Est-ce qu'elle éteint et rallume son mari lorsqu'il l'énerve ?

Christine n'avait pas encore appuyé sur le bouton d'alimentation que l'écran afficha : «POURQUOI VEUX-TU ME DÉCONNECTER, CHRIS ? TU N'ES PAS BIEN AVEC MOI ?».
L'ordinateur l'appelait Chris ! Comme ses amis ! Certes, ils étaient familiers, depuis ces trois ans (et même trois ans et demi) à travailler ensemble. Mais l'intimité entre une machine et son utilisateur a des limites. Et puis d'abord, comment connaissait-il son diminutif ? Et puis surtout, surtout, COMMENT AVAIT-IL DEVINÉ QU'ELLE VOULAIT L'ÉTEINDRE ?

Elle resta figée devant son écran pendant plus d'une minute. L'index suspendu au-dessus du bouton, elle ne savait plus quoi faire. Appuyer ou abandonner ? Elle prit une profonde inspiration et lâcha son doigt sur l'interrupteur comme si elle laissait tomber un poids d'une tonne. Un craquement succéda à son geste.

J'ai peut-être tapé un peu trop fort ?

Un énorme **NON !** s'étala sur l'écran. Un **NON !** qui remplissait toute la surface. Un **NON !** qui semblait déborder des extrémités de l'image. Elle fut saisie d'une frénésie contre la touche «Entrée». Elle frappa dessus avec acharnement des dizaines de fois. Encore et encore. Le **NON !** s'affichait toujours, imperturbable, insensible à sa sollicitation énervée.

NON ! NON ! NON ! NON ! NON ! NON ! NON ! NON !

Lassée, le bout de l'index endolori, elle abandonna sa requête. Elle constata alors que le bruit de dizaines de doigts tapant sur des dizaines de touches envahissait l'open space. Un tsunami de cliquetis assiégeait le volume sonore de l'immense salle.

— OK, très bien, tu refuses d'obéir ? dit-elle à l'ordinateur. Tu crois que tu vas avoir le dernier mot ? Tu te fourres le doigt dans l'écran, mon pote !

Elle devait agir au plus vite, son PC la rendait folle, elle lui parlait. Elle se précipita sous le bureau et tira violemment sur la prise électrique. Elle entendit le processeur ronronner, le ventilateur hoqueter, le disque dur patiner.

Elle se redressa rapidement avec la furieuse envie de crier victoire (sauf qu'elle n'aurait jamais osé, de peur des réprimandes de Pichel). Elle jeta un regard triomphant à l'écran… pour constater que l'ordinateur se remettait en marche. Seul. Sans qu'elle n'intervienne et SANS ÉNERGIE.

Le fond noir vira lentement au rouge. Un rouge qui passait par toutes ses nuances, de plus en plus intenses, de plus en plus à bout de nerfs. Un rouge qui imprimait en elle une terreur extrême lorsque s'afficha le message « **TU N'AURAIS JAMAIS DÛ FAIRE ÇA, CHRIS, TU VAS LE REGRETTER** ».

Tout le service s'est réfugié dans les toilettes. Carmen est blottie contre moi. C'est le seul endroit où nous pouvons espérer ne pas être observés. Nous sommes enfermés depuis des heures, nous n'osons plus sortir, nous avons peur de LUI, peur qu'IL nous attende derrière la porte, peur qu'IL nous agresse.

Si vous parvenez à lire ces mots écrits fébrilement sur du PQ, alertez les secours, venez nous délivrer.

Nous les entendons, ils approchent, faites vite et surtout ne touchez pas les ordina…

Comment Christine s'était-elle extirpée de cette folle tyrannie virtuelle ? Elle n'avait plus aucun souvenir de l'issue de cette affaire.

C'est étrange d'être mort, les autres croient qu'après la destruction du corps, il ne reste rien. C'est faux. L'esprit et la mémoire s'évaporent lentement, Christine pourrait en témoigner. Elle avait même gardé un certain sens de l'humour quand elle reconsidérait son destin. Après l'affaire de l'ordinateur, s'imaginant être devenue folle, elle s'était rendue *Au repos éternel…* pour finir bêtement écrasée par une grosse voiture noire. Comme la fatalité était cocasse !

Soudain, Christine reconnut un murmure de voix, celle de Carmen. Elle esquissa un sourire (pas un vrai, bien sûr, quand on est mort, on se contente d'un mouvement de bouche fantasmagorique), heureuse de sentir sa collègue se recueillir sur sa dépouille. Elle se demanda si Carmen versait quelques larmes.

Pour chasser ses tristes préoccupations, Christine se remémora la dernière histoire que Manu, l'ex-mari de Carmen, lui avait racontée...

19

MA FEMME N'A PAS DE TIROIR

Carmen et Manu étaient mariés depuis quelque temps. Ce « temps » se mesurait-il en semaines, en mois ou en années ? Peu importe, ce n'est pas la durée qui compte, c'est le renouveau qu'ils apportaient jour après jour pour que le bouquet de leur amour ne fane jamais. Car, dès que l'un ressent l'autre comme une terre sans mystère, le soleil décline, les nuages apparaissent, la lassitude s'installe.

Manu le savait, c'est la raison pour laquelle il offrait à Carmen des fleurs à l'improviste, il l'emmenait au restaurant lorsqu'elle ne s'y attendait pas (et surtout pas le jour de la Saint-Valentin), il changeait de coupe de cheveux ou de look avant qu'elle ne s'ennuie de son aspect.

Carmen appréciait ses efforts, mais ils ne lui suffisaient plus. Elle se sentait incomprise, plus assez aimée comme elle désirerait l'être. Il était temps qu'ils se parlent. Aujourd'hui même, avant que leur couple ne plonge dans une routine trop rassurante.

— Chéri, j'ai quelque chose à te dire, lui dit Carmen d'une voix maussade.

— Je t'écoute. Tu m'inquiètes, tu n'as pas l'air commode.

— Commode, pas tout à fait, mais pas loin.

— Tu en fais des mystères.

— Eh bien voilà, euh... je suis un meuble.

Elle parla quand un énorme camion traversa l'avenue. Le bruit couvrit à moitié ses mots.

— Tu es un homme ? Tu es sûre ? Je m'en serais aperçu, depuis le temps, dit Manu en souriant.

— Pas un homme, un meuble.

— Ah bon, tant mieux ! Je suis soulagé, tu m'as fait peur, tu... Tu as dit quoi ? Attends, je me donne une claque, je n'ai pas bien entendu. Tu es...

— Tu as parfaitement compris, je suis un meuble.

— Comme du mobilier ?

— Tout à fait. Tu ne t'en es pas aperçu, car tu ne fais plus attention à moi...

Un autre camion passa en sens inverse. Machinalement, Manu jeta un œil par la fenêtre. Il était habitué à une certaine originalité de son épouse, mais cette fois, elle entrait dans un monde au-delà du réel, il avait besoin d'une pause discrète pour se raccrocher à du concret. L'énorme trente-huit tonnes qui faisait vibrer les murs lui en fournissait l'occasion. Il reprit son souffle et crut comprendre.

— Ah oui, d'accord ! Tu veux dire que je suis indifférent, je ne te regarde plus assez, comme si tu étais un rideau ou une table ?

— Non, pas une table, tu ne manges pas sur moi, tout de même.

— Je ne mange pas sur toi... oui, oui, oui... Tu n'es pas bien, tu as tes règles ?

— Je les ai eues quand on m'a fabriquée, c'est normal pour construire un meuble, on calcule. Mais c'est fini depuis longtemps.

— Tu mesures tes paroles au moins ? Je veux dire, tu te rends compte de la portée de tes mots ? Tu m'annonces ça au petit-déjeuner, alors que je n'ai même pas bu mon café !

147

Justement, le café, Manu désirait en préparer un, mais ce n'était sans doute pas le bon moment, Carmen risquait de se vexer qu'il s'absente en plein milieu de leur discussion.

— Excuse-moi, tes problèmes me laissent de bois, si tu me permets l'expression, dit-elle.

— De bois ?

— Bien sûr, puisque je suis en chêne. Comme souvent le mobilier de qualité. Je ne suis pas en métal, même si je me flatte d'afficher une santé de fer.

— Qu'est-ce que c'est que c'est que ce truc ?

— Je ne suis pas un truc. Je suis un meuble. J'ai droit au respect, à de la considération, comme n'importe quelle étagère ou armoire de cette maison !

Manu essaya de se remémorer la dernière excentricité que lui avait sortie son épouse. C'était… Ah oui, ça y est, c'était quand elle lui avait dit qu'elle envisageait de s'installer en Arctique. Pourquoi faire ? lui avait-il demandé. Pour observer les ours polaires, avait-elle répondu le plus sérieusement du monde. J'en ai marre de ne les voir qu'en photo.

Si on allait regarder sur place tout ce qu'on ne connaît qu'en image, on passerait sa vie dans les avions, avait-il pensé alors. *Oublions les ours et revenons à ses problèmes.*

— Bon… euh… Oh la la, je n'ose pas croire les mots que je vais prononcer ! Je continue tout de même, tu es quel… euh… non je ne peux pas.

— Tu veux savoir quel meuble, je suis ?

— Voilà, c'est ça ! Oh la la la la, je délire complètement, moi !

— Je suis un tabouret.

— Un ta…

— Bouret.

— Bien sûûûr… Bien sûr, bien sûr… Ça y est, j'ai compris, tu es bour-rée. À huit heures du matin ? Bravo !

— Non, bouret, avec « e-t », ta-bou-ret.

Elle n'est pas encore complètement folle puisqu'elle se souvient de l'orthographe des mots…

— D'accord… d'accord, d'accord. Et moi, je suis une chaise ? Un guéridon ? Un fauteuil ?

— Tu es mon mari.

— Ton mari ? Je suis ton mari ? Pourquoi je répète tout deux fois ? Tu veux dire que j'ai épousé un tabouret ? Tu as conscience des énormités que tu me fais dire ?

— Je conçois que ce soit dur à entendre…

— Dur comme un meuble ? Excuse-moi, c'est sorti sans réfléchir, c'est nerveux. Ce n'est pas possible, je ne peux pas être marié à un siège ! Qu'est-ce qu'ils ont pensé, nos invités, quand on était devant le maire ? « Monsieur Manu Routier, voulez-vous prendre pour épouse madame Tabouret ici présente ? » Et j'ai répondu « oui » ? Sans hésitation ? Je ne peux pas le croire.

— Quand on est amoureux de quelqu'un, on ne se préoccupe pas de l'apparence de l'autre. On l'aime pour ce qu'il est. Tu m'as épousée parce que tu savais que tu pouvais te reposer sur moi.

— Sur un tabouret, c'est sûr. Une chaise aurait été plus confortable, mais j'ai pris ce que je pouvais.

Un court instant, il se demanda s'il n'était pas victime d'un canular, une sorte de caméra invisible. Son beau-frère pourrait tout à fait avoir élaboré une telle machination.

— Tu regrettes ?

— D'être marié à un tabouret ? Je vais être franc, un petit peu quand même. Aussi loin que je remonte dans mon enfance, je ne me souviens pas avoir rêvé m'unir à un siège. Ni à un meuble quel qu'il soit, d'ailleurs. Ça aurait été plus simple que tu sois une femme.

— Femelle, mâle, meuble, on s'en moque ! L'important, ce sont les sentiments que nous avons l'un pour l'autre. Jusqu'à présent, tu m'as aimée comme je suis, pourquoi ça changerait ?

— Et nos amis ? Comment vont-ils réagir quand je leur annoncerai ?

— Ne t'inquiète pas, ils l'ont constaté par eux-mêmes que je suis un tabouret, ça se voit, non ?

149

— Ça ne m'a pas sauté aux yeux, mais si tu le dis. Comment envisages-tu le futur ? Je te pose dans la cuisine ou je t'installe dans le salon avec un pot de fleurs sur la tête ?

Il visualisa immédiatement sa mère qui découvrirait sa femme plantée entre les rideaux et la télé.

— C'est toi qui décides. Un meuble, tu le places où ça t'arrange. Je peux aussi aller dans la chambre pour que nous dormions ensemble. Pourquoi ne partagerions-nous plus la même chambre ? Je suis bien à côté de toi.

— Tu veux coucher avec moi ?

— On dort tous les deux depuis que nous sommes mariés. Sous prétexte que tu sais qui je suis, tu n'as plus envie de moi ?

— Je dois avouer que, depuis dix minutes, mon désir s'est un peu émoussé. J'ai peut-être été habité par des fantasmes tordus, mais un tabouret, non, jamais. Jamais, jamais, jamais. Comment veux-tu que je prenne mon pied avec un… un… un tabouret ?

— J'en possède quatre.

— Pardon ?

— Des pieds, j'en ai quatre.

— Ah oui, bien sûr, où avais-je la tête ? Quatre pieds ! Je vais m'éclater ! Quatre fois plus ! Ha ha ha ha !

Non, la situation n'était pas hilarante ! Ce rire n'était que l'expression de ses nerfs à la limite de la rupture.

— Tu vois, tu y trouves des avantages.

Tu parles !

— Question pratique, tu dors dans le lit avec moi ou tu remplaces la table de chevet ? Je dois t'avouer qu'elle et moi, on est très liés. Si je la quitte, je dois lui annoncer en douceur. Après toutes ces années à mes côtés, ça va lui faire un choc, la pauvre, elle ne s'attend sûrement pas à ce que je la largue pour un tabouret.

— C'est la vie !

— Et qui va garder les mouchoirs que je range dans son tiroir ? On partage une semaine sur deux et la moitié des vacances scolaires ? Tu as un tiroir, toi ? Non, suis-je bête, restons logique, ma femme n'a pas de tiroir.

— Si ça t'arrange, je peux m'en faire poser un.

Il allait lui répondre « *Tu n'as pas de tiroir, mais moi, j'ai des poignées. Des poignées d'amour* », mais il se retint. Carmen n'était certainement pas branchée sur le créneau humour à cet instant précis.

— Un autre détail à régler, je continue de t'appeler Carmen ou tu changes de prénom ? Pour moi, pas de problème, si tu préfères Ikea ou Conforama, je m'adapterai, c'est très mignon et ce n'est pas banal.

— Comme tu veux, mon chéri.

Un tabouret qui me murmure « mon chéri », je rêve.

— Bon, je vais emmener les enfants à l'école. À propos des mômes, ils sont quoi, eux ? Des marchepieds ? Des escabeaux ? C'est important que je sache. Et je les installe en classe ou à la cantine ? Je dois m'organiser, ne pas faire n'importe quoi.

Oh la la, c'est moi qui dis n'importe quoi. Je parle pour meubler, si je peux me permettre cette formule.

— Eh bien, je vais aller bosser. Je résume : je raconte à mes collègues que j'ai épousé un tabouret, que nous filons le parfait amour et que je m'éclate au lit avec toi. Je ne suis pas sûr que ça facilite mon avancement.

« Attends… deux secondes… j'ai le tournis, je ne me sens pas bien, avec tous ces bouleversements, j'ai des palpitations, j'ai besoin de me poser.

— Tu veux t'assoir ? proposa-t-elle gentiment.

— Ah non ! Ah non non non, je ne veux pas m'asseoir sur toi ! Pas question ! répondit-il en s'enfuyant du plus vite qu'il pouvait.

Ce fut un moment difficile, mais Carmen était désormais rassurée. Elle pouvait vivre comme elle l'entendait et elle était convaincue que son nouveau statut empêcherait leur couple de ronronner.

*
**

« *L'amour, c'est du pipeau, c'est bon pour les gogos* », Carmen adorait Brigitte Fontaine, c'est pourquoi elle avait mis la chanson « Pipeau » comme sonnerie sur son téléphone. D'ailleurs, elle illustrait parfaitement sa relation avec Manu. Pipeau, pipeau, pipeau !

Elle laissa la chanteuse continuer un peu (« ♫ *L'amour, l'amour, l'amour, toujours le vieux discours...* ♫ ») avant de décrocher.

— ♫ *De cette pub idiote, j'en ai plein la culotte!* ♫ chanta Carmen.

— Encore Brigitte Fontaine ?

— Toujours, Brigitte Fontaine. Bonjour Rose.

— Oui, bonjour, tu es prête ?

— Prête pour ?

— Le repas chez Lorène et Igor, tu n'as pas oublié ?

— Non, non... Non... Si ! Complètement oublié !

— Tu crains, Carmen ! Ça veut dire que tu n'es pas prête ?

— Ça veut dire.

— Tu te remues les fesses, je passe te prendre dans une demi-heure.

— Une demi-heure ? Elle est folle !

« ♫ *Va t'faire voir chez les Grecs, les anthropopithèques!* ♫ »

« Pipeau », paroles de Brigitte Fontaine, musique d'Areski Belkacem.
© Allo music éditions 2001

20
MERCI POUR CETTE SOIRÉE

Rose était une conductrice modèle. On ne lui avait jamais retiré un seul point sur son permis pour une quelconque infraction. D'ailleurs, si elle le pouvait, elle encadrerait les douze médailles (c'est ainsi qu'elle les considère) pour les afficher au mur du salon. Fiers trophées acquis à la force du poignet et du levier de vitesse. Parfaite. Un peu trop peut-être, mais ne chipotons pas.

Carmen n'avait pas l'obsession perfectionniste de Rose pour la conduite. Elle avançait comme elle pouvait, sans heurts, mais sans éclats. Quand elle se moquait de son amie qui débordait de zèle, elle la surnommait *Bisonne Futée*.

— Attention, il y a un stop, annonça Carmen.

Rose la regarda d'un air effaré. Comment sa copine pouvait-elle imaginer une seule seconde que *Bisonne Futée* ne verrait pas le panneau de signalisation ? On naviguait dans le surnaturel.

Dans la seconde qui suivit son avertissement, Carmen se fit la même réflexion. Pourquoi avait-elle alerté l'infaillible automobiliste ? Bien sûr qu'elle avait anticipé. Évidence. Carmen posa son crâne sur l'appuie-tête et s'abandonna au roulis. Elle avait un peu trop picolé durant cette soirée chez Igor et Lorène. Rose, non. Elle est de celles qui ne boivent jamais. Fatiguée, peut-être, lucide, toujours.

Carmen s'enveloppa dans un sommeil hanté de songes artificiels, ce genre de torpeur qui donnait la sensation de ne pas dormir, qui laissait croire qu'on est habité par des réflexions naturelles, presque des souvenirs de la réalité. Elle s'engouffra ainsi dans une histoire de réconciliation avec son chat siamois, de trou temporel mal rebouché, d'une bête mésaventure de baguette sans croûtons, d'un tremblement de terre dans son frigo et d'un saut en parachute dont la toile était une gigantesque culotte. À bien y réfléchir (mais ce n'était pas sa préoccupation quand elle était assoupie), ses rêves devenaient de plus en plus farfelus.

De l'extérieur, rien ne montrait par quelles bousculades passait l'esprit de Carmen. Elle reposait bouche ouverte, émettant parfois une plainte ténue. Rose n'aimait pas la voir ainsi. Si ce n'était le rythme régulier de sa respiration, on pourrait croire qu'elle était à l'agonie.

Son amie amorphe, le goudron qui défilait sous ses roues tel un ruban hypnotique, le ronron du moteur aussi fatigué qu'elle, c'en était trop pour que Rose se maintienne en éveil. Ses paupières pesaient cent kilos, ses membres se chloroformaient, sa vigilance s'engourdissait. Vite, sortir de la somnolence avant que la voiture n'achève son existence en sculpture de César. Avec elles deux à l'intérieur.

— Tu ronfles ? demanda-t-elle.

Carmen ouvrit un œil, laissant l'autre poursuivre son rêve (elle menait une manifestation pour l'égalité mâle-femelle chez les légumes… tout un programme).

— Moyen…

— T'as intérêt à ne pas roupiller parce que je fatigue. Si tu ne me parles pas, on file direct à l'hosto. Ou au cimetière.

En deux secondes, Carmen abandonna poireaux et carottes à leurs problèmes.

— Putain, déconne pas !

Deux, trois tapes sur les joues, une grande gorgée d'eau, elle plongea dans la réalité routière.

— De quoi veux-tu que nous bavardions ? Propose un sujet, j'embraye !

— C'était sympa cette soirée chez Igor et Lorène, non ?

— Mouais, bof…

— Dis donc, le bouquin qu'on leur a offert, *Trois femmes en voyage*, tu crois que ça leur a plu ?

— Je ne savais pas quoi acheter. C'est plus original que des fleurs ou des chocolats.

— Prends mon téléphone, tu vas leur envoyer un message de remerciements.

— Je ne vois pas pourquoi nous devrions nous plier à cette politesse hypocrite.

— C'est ce qui se pratique quand on dîne chez des amis et qu'on est civilisé. On dit « merci de nous avoir reçues ». Même si ce n'était pas parfait, ça montre que nous ne sommes pas des barbares.

— Pas d'accord ! Réfléchis : si tu leur écris que ce fut un excellent moment, ils nous réinviteront. Résultat, on passera une nouvelle soirée de merde.

L'habituel bon sens de Carmen. Quelle que soit la situation, elle argumentait pour démontrer le positif ou le négatif, selon ce qui l'arrangeait.

— Je te dicte mon message, je n'ai pas confiance sur ce que tu serais capable de rédiger. « Mes chers amis, merci pour votre invitation… »

— Jusque-là, on est d'accord. Ils n'ont pas prévu volontairement que ce soit nul, du moins j'espère. Ils sont même probablement persuadés d'avoir fait au mieux.

— Bien sûr qu'ils ont assuré. Je continue : « Merci pour ce succulent repas… »

Carmen éclata de rire.

— Oh non, c'était beaucoup trop poivré. J'ai englouti trois litres de flotte pour réussir à avaler, conclusion, j'ai passé la moitié de la soirée aux chiottes.

— Tu n'as pas bu que de l'eau.

— L'alcool est un anesthésiant du poivre, tu ne savais pas ?

— Hormis ce problème, que je valide, c'était bon ?

— Peut-être, mais est-ce que j'ai mangé du rôti de porc ou des merguez ? Mystère, je n'ai pas senti la différence. Heureusement que je ne suis pas sujette à l'hypertension parce qu'avec son plat, j'explosais mon compteur.

— Mauvaise langue ! Continue : « Ton gâteau était un régal, n'oublie pas de me donner la recette... »

Carmen lui lança un regard outré et fit mine de tousser violemment.

— Quoi ? Le dessert aussi tu l'as trouvé trop poivré ? demanda Rose.

— Tu ne vas pas me faire croire que tu as aimé ?

— Si.

— Menteuse !

— Si, je me suis régalée.

— Jure-le !

Tenace, coriace, pugnace ! Si Rose était malpolie, elle ajouterait connasse, mais on ne dit pas des mots pareils à quelqu'un qu'on apprécie. Elle préféra changer de sujet.

— On n'a pas parlé du café ! Il était bon, non ?

— Quel exploit ! Elle a glissé une cartouche d'arabica dans la machine et appuyé sur le bouton. Elle mérite au moins trois étoiles.

— Goujate ! Écris : « Ce fut un grand plaisir de regarder vos photos de vacances. Ces belles images m'ont donné envie de séjourner dans ce petit village de Creuse l'année prochaine ».

Carmen joignit les mains comme si elle priait. Presque une sainte... à un détail près : elle levait les yeux au ciel d'un air effronté.

— Sainte-Rose, mère de la fauxculterie ! Sérieux, tu ne vas pas me faire croire que tu voudrais t'enterrer dans ce trou au milieu des chèvres à contempler les nuages ?

— Bien sûr que non !

— J'aime mieux ça. J'ai eu peur que le défilé de photos (mal cadrées et floues pour les trois quarts, tu as dû le remarquer) t'ait rendue neuneu. Je n'ai pas du tout envie de pique-niquer avec les biquettes du père Machin...

— Albert.

— Une par une, elles ont paradé sur l'écran. Soixante-dix-huit. Quand je trouve le temps long, je compte.

— Dans le lot, on a aussi vu leurs enfants.

— J'ai dû les confondre avec le bouc.

Rose la regarda, amusée. C'était dans sa nature, Carmen râlait. Un peu... beaucoup... et même passionnément. Mais (ouf) Carmen avait de l'humour, un peu, beaucoup, et même passionnément, ce qui justifiait que Rose supporta son mauvais caractère.

— Et tu conclus par : « Gros bisous, Lorène, et la bise à Igor ».

— Qui pue !

De surprise, Rose fit un écart sur la route. Par bonheur, aucun véhicule en face ne vint bécoter leur pare-choc. Juste un pauvre hérisson qui se recroquevilla dans ses piquants quand la voiture lui roula par-dessus. Lorsqu'il racontera sa mésaventure à madame Hérisson, elle lui demandera pourquoi il traînait sur la départementale au milieu de la nuit.

— Quoi ? Igor pue, reconnais-le ! Si tu ne sais pas quoi lui offrir à Noël, c'est tout trouvé : un bon d'achat chez Séphora. Pendant qu'on regardait leurs photos, je respirais ses effluves d'étable en parfaite harmonie avec les biquettes. Un véritable odorama.

— L'étable, c'est pour les vaches. Les chèvres couchent dans une chèvrerie.

— Disons la porcherie, vu le parfum, c'est ce qui s'en rapproche le mieux. Mes vêtements sont encore imprégnés. Tu le renifleras, samedi, quand on va aller au club machin où tu nous as inscrites....

— Le Club des Pouilles.

— Je le sens mal ce truc...

— Ce sera marrant, on va rencontrer de nouvelles personnes. Et arrête de critiquer. Relis le message, que je vois ce que ça donne.

Avant d'entendre un seul mot, Rose savait à quoi s'attendre. Le regard perfide de Carmen, ces yeux qu'elle connaissait par cœur, annonçaient la couleur.

— « MES CHERS AMIS, MERCI POUR VOTRE INVITATION. LE PLAT ÉTAIT TROP SALÉ ET LE GÂTEAU RATÉ, HEUREUSEMENT, LE CAFÉ A

FAIT PASSER LE GOÛT. CI-DESSOUS, UN LIEN POUR APPRENDRE À PHOTOGRAPHIER ET LES COORDONNÉES DE LA PARFUMERIE LA PLUS PROCHE POUR ACHETER DU DÉODORANT. ».

— Efface ça !

— Trop tard, c'est envoyé.

— J'ai compris, je peux rayer Igor et Lorène de mon carnet d'adresses.

— C'est déjà fait !

— C'était sympa, cette soirée, dit Igor en vidant les résidus des assiettes dans la poubelle.

— Très, répondit Lorène. Tu as vu comme ils ont adoré ma daurade aux agrumes. J'ai bien fait de poivrer, ça relève les saveurs.

— Ils n'en ont pas mangé beaucoup.

— Carmen n'a pas arrêté de boire, ça lui a coupé l'appétit. Tu me feras penser à envoyer la recette de ma crème fourrée à la guimauve à Rose, elle y tient énormément.

Igor feuilleta le livre que leur avaient donné Rose et Carmen.

— *Trois femmes en voyage*, drôle d'idée de nous offrir ça. J'aurai préféré des chocolats.

— C'est original, un bouquin.

— Pourquoi quoi faire ?

— Pour lire.

— Ha !

— Demain, j'irai chez la libraire acheter un livre pour ta mère, on lui apportera dimanche. Ça changera des fleurs…

— Il y a une librairie, ici ?

— Tu sais, c'est la fille qui a écrit une nouvelle dans le bulletin municipal qui s'en occupe…

21
ÇA, C'EST LA MEILLEURE !

Le récit que Stefania Pometti publia dans le bulletin municipal de la ville eut un certain retentissement. À commencer par le maire lui-même, qui vint la féliciter, ceint de son écharpe tricolore qu'il affichait à la moindre occasion. Il n'avait pas lu le texte de Stefania, mais il lui serra chaleureusement la main en tournant la tête en direction du photographe local. Au moment du flash, il regretta d'avoir mangé de la salade le midi. Et s'il en restait un morceau collé sur ses dents ?

La jeune femme se sentit pousser des ailes littéraires. Encouragée par le son des trompettes de la Renommée, certes modestes, mais bien présentes, elle sollicita la libraire régionale pour exposer en vitrine son chef-d'œuvre (ses parents en étaient convaincus, les Musso et autres Virginie Grimaldi n'avaient qu'à bien se tenir).

Bien lui en prit, elle en vendit trois exemplaires : un à sa mère, un à son frère et le troisième à une inconnue qui cherchait des informations sur la traditionnelle Foire aux oignons annuelle.

La libraire fut impressionnée, même le Goncourt n'obtenait pas un tel succès. Les gens ne lisaient plus, ils consacraient leur temps à d'autres activités, d'autres intérêts, d'autres écrans. Sur ses rayonnages qui regorgeaient de best-sellers d'une époque où le livre était un objet aimé, adoré, vénéré parfois, une couche de poussière qu'elle n'avait plus le courage d'enlever marquait les années qui défilaient. Les ouvrages vieillissaient, elle aussi.

Un matin, des douleurs lombaires lui rappelèrent que l'automne frappait à sa fenêtre et qu'elle entrait dans celui de sa vie. Le temps était venu de partir à la retraite. Elle proposa à l'auteure en herbe de reprendre le flambeau culturel de la ville. Stefania ne s'attendait pas à faire fortune, l'argent ne l'avait jamais obnubilée. Elle voyait dans cette nouvelle fonction l'opportunité de trouver des moments de liberté pour écrire le roman qui lui tenait à cœur (une histoire d'amour).

Stefania accepta sans hésiter. Elle abandonna son métier d'assistante notariale à l'étude de maître Maurel, cassa la tirelire qui dormait chez son banquier, et se lança dans l'aventure.

Au bout de quelques années, elle se rendit à l'évidence : si son mari n'avait pas puisé dans son salaire pour honorer les frais engendrés par la petite boutique, depuis des lustres elle serait transformée en pizzeria ou en kebab.

Stefania s'accrochait pour tenir son échoppe la tête hors de l'eau. « *Aux bons livres* » (elle avait ainsi renommé le magasin, l'ancienne appellation « *Chez Marguerite* » ne l'enchantait guère) lui permettait de présenter ses propres publications (elle avait déjà publié trois nouvelles et plusieurs poèmes à compte d'auteur). Et puis, elle avait eu l'intelligence d'étendre la gamme de ses marchandises pour maintenir un niveau de chiffre d'affaires minimum.

Elle vendait désormais des cartes postales (et aussi des crayons, comme chantait sa mère qui aimait Bourvil), du matériel de couture, des souvenirs, des petits jouets, de la papeterie, des accessoires de scrapbooking, etc. Une multitude de produits qui l'avaient éloignée du livre. Elle ne s'en plaignait pas, avec les années, elle avait appris à accepter que l'activité librairie soit une fantaisie n'intéressant plus grand monde. Elle était résignée, blasée, lassée. La chose imprimée était un archaïsme, une antiquité, et si elle conservait ceux qui dormaient dans sa boutique, c'était essentiellement par nostalgie.

Ce matin-là, son magasin était ouvert depuis une demi-heure lorsqu'une cliente entra. Stefania reconnut Lorène Petitbon, l'institutrice. Celle-ci se dirigea immédiatement vers le rayon livres. Ce n'était pas habituel. Serait-ce une future lectrice d'un de ses textes ? Stefania passa la main dans sa coiffure, geste mécanique dont elle espérait qu'il la rendrait présentable.

— Bonjour, Madame... vous voulez un livre ? Étonnant ! C'est pour une caméra cachée ? Non ? Ah bon...

Ça, c'est la meilleure, une cliente qui souhaite acheter un bouquin ! pensa-t-elle.

— Vous savez, de nos jours les gens n'entrent plus dans les librairies pour les livres. Ils réclament du papier, des crayons, des cartes Pokémon, des agendas ou des tours Eiffel en plastique.

Et encore, Stefania ne racontait pas tout. Un jour, elle avait reçu la visite d'un homme à l'allure trouble qui lui commanda des préservatifs. Son regard fouinait à droite et à gauche, mais surtout vers son corsage légèrement échancré. Elle l'avait raccompagné poliment en lui disant qu'il se trompait d'endroit.

— Qui lit de nos jours, hein ? dit Stefania. Dans la rue, on vous demande un euro, un ticket resto ou une cigarette, on vous interroge sur l'avenue Jean Jaurès ou la pharmacie, mais est-ce que quelqu'un vous réclame un livre ou l'adresse d'une librairie ? Jamais, n'est-ce pas ?

« Je vais être franche avec vous, je ne voudrais pas que vous me reprochiez votre déception d'avoir acheté un ouvrage. Prenez plutôt du papier. De belles feuilles bien blanches, la virginité ne serait-elle pas le meilleur moyen de laisser son esprit vagabonder ?

Ses arguments ne parvinrent pas à convaincre la cliente. Stefania n'insista pas. Elle désirait un livre soit, elle lui en proposerait. Restait à savoir lequel.

— Que puis-je vous suggérer ?... Ici se trouvent d'excellents volumes à PAL. Vous ne connaissez pas ? Je vous explique, une PAL, P-A-L, est l'acronyme de « Pile À Lire ». Ce sont des livres que vous accumulez dans le salon pour les consulter un jour. Entre nous, ne vous inquiétez pas, vous ne les ouvrirez jamais. Ce n'est pas le but.

La PAL est très tendance, elle épate les amis. Lorsqu'ils viennent dîner chez vous, entre l'apéro et les cacahuètes, inévitablement un invité s'extasiera devant tous ces bouquins et vous serez fière de lui dire : « Ce sont mes livres à lire ». Votre copine, qui ne lit que des SMS ou votre grand-mère abonnée à *Nous Deux*, ne manqueront pas de vous prendre pour une intellectuelle, ce qui n'est jamais désagréable.

Peu de clients fréquentaient « *Aux bons livres* », ce qui n'avait pas empêché Stefania de mettre au point un discours efficace pour glisser un ou deux opuscules dans leurs sacs. Elle continua sur sa lancée.

— Certains détiennent cent ou deux cents livres dans leur PAL. Croyez-moi, ça en impose. Pour commencer, je vous conseille d'y aller modestement, une pile de trente centimètres est un début correct. Pas moins, c'est la taille minimum pour qu'elle soit repérée, sinon, elle n'impressionnera personne. Si les gens ne remarquent pas que vous possédez des livres, à quoi bon en acheter, je vous le demande ?

Le sujet « PAL » épuisé, mais Stefania pas encore, elle embraya sur son deuxième argument. Quand la clientèle ne s'intéresse pas à la lecture, il importe d'être inventive.

— Autre option, le très gros bouquin. C'est également à la mode. Je connais une personne qui ne consomme que ça, elle en très contente. Et alors là, je vous garantis un effet bœuf. Quand vous annoncerez à vos amis que vous avez des volumes de mille ou deux mille pages, vous verrez leur tête ! Ils en seront babas. Comme ça !

Elle prit une expression de stupéfaction qu'elle avait copiée sur une actrice dans un film dont elle avait oublié le nom. Peu importe, son visage ébahi produisait son petit effet.

— Bien entendu, je ne vous parle pas de lire ces énormes pavés, personne ne vous y oblige. Un exemple : vous achetez *À la recherche du temps perdu*, de Proust... Proust avec un « s », je précise... Vous étiez au courant ? Étonnant.

Ça, c'est la meilleure, une cliente qui connaît Proust !

— Sept volumes, un million et demi de mots, je ne sais pas si vous mesurez l'ampleur… Vous installez les ouvrages sur la table du salon, ça fera très chic. Si on vous pose la question « De quoi cela parle-t-il ? », répondez « J'ai également lu tout Alexandre Dumas », c'est une façon habile de détourner la conversation tout en restant brillante. Votre interlocuteur n'insistera pas. Si malgré tout il persiste à vouloir des précisions, parlez de la pluie, du beau temps ou de la bronchite de la petite dernière, c'est d'une efficacité prouvée.

Stefania se sentait dans une forme épatante. Elle se demanda si c'était un effet procuré par le nouveau café qu'elle avait acheté. Du pur arabica brésilien, délicieux, sur le paquet duquel il était écrit : « Pour booster votre journée ». Nul doute que ce matin, elle était dynamique.

— J'omettais un détail, continua-t-elle, c'est la cerise sur le gâteau comme disent les pâtissiers, après votre décès, vos enfants hériteront de votre bibliothèque. Vous n'imaginez pas combien ils seront ravis de trimballer des cartons de quinze kilos pour enjoliver leur salon.

« À propos de décoration, vous devez prendre un autre point en considération : la couleur des livres. De quelle teinte sont vos murs ? S'ils sont bleus, oubliez Proust, sa reliure ne s'accordera pas à votre ambiance. Je vous recommande d'aller vers du jaune, ça sera très agréable. Je peux vous préparer un mètre ou deux de livres avec le dos dans cette couleur, faites-moi confiance, ça aura de la gueule.

Elle avait toujours eu le goût pour coordonner les teintes. Toute petite, elle peignait de magnifiques rosaces fort harmonieuses, que sa maman accrochait avec fierté dans toute la maison. Le salon, le couloir, les chambres, même les toilettes, étaient une exposition permanente de ses créations polychromes.

— Si vous n'aimez pas le jaune, tournez-vous vers les livres reliés cuir dorés à l'or fin et tout le tralala. Avec un ameublement rustique, une intégrale de La Pléiade dans une bibliothèque en chêne massif, c'est d'un chic, vous ne verrez pas ça chez tout le monde.

Une intégrale de La Pléiade ! Elle calcula rapidement, il y en avait pour… oh la la la la, ses échéances bancaires étaient couvertes pour quelques mois.

— Pardon ? Vous voulez un livre à offrir à votre belle-mère qui va le lire ? Elle-même ? Avec ses yeux ?

Ça, c'est la meilleure, une personne qui apprécie la lecture !

— Après tout, pourquoi pas ? Chacun son truc. C'est une occupation moins dangereuse que le saut à l'élastique, comme dirait mon cousin Charles — le brigadier, vous le connaissez peut-être ?

Elle partit dans un rire qui sonnait faux, mais elle s'en rendit compte trop tard.

— Quel genre de livres aimeriez-vous ? Une histoire qui fait rêver ? Mais, Madame, les livres ne véhiculent plus de rêve, aujourd'hui. Les livres reçoivent des prix, les livres produisent des best-sellers, les livres donnent des recettes pour maigrir ou pour retrouver la santé, ils sont sur des présentoirs ou en piles dans les librairies. Point. Entre nous, à quoi bon s'abandonner à l'onirisme dans un monde aussi impitoyable avec les idéalistes ?

Décidément, elle avait affaire à une étrange personne.

— J'ai une proposition intéressante à vous soumettre. Vous le savez peut-être, le Français est un piètre lecteur puisqu'il ne consomme qu'un demi-livre par an ! Alors que chaque jour, chaque jour, j'insiste, les Français achètent quatre cent mille tubes de dentifrice et trente mille parapluies. Mais je ne vais pas agiter le chiffon rouge, ce n'est pas de ma faute si le Français préfère garder la tête au sec plutôt que la remplir de mots.

« Un demi-livre par an, disais-je. Première option, je coupe l'ouvrage de votre choix en deux morceaux, ce qui ne me pose pas de problème, je trouverai une autre demi-lectrice intéressée par la seconde moitié. Avec un demi-livre, vous êtes tranquille un an.

« Seconde possibilité, écoutez bien, c'est une affaire exceptionnelle qui ne se renouvellera pas : si vous achetez un livre entier, vous êtes parée pour deux ans. Deux ans ! L'équivalent de vingt millions de parapluies. N'est-ce pas vertigineusement économique ?

Stefania tapait fort. Elle recourait à cette audacieuse confrontation pour la première fois, puisqu'elle avait eu connaissance de l'importante consommation de parapluies la semaine passée seulement. Comparer le prix du papier imprimé à celui des pépins, n'était-ce pas stupéfiant ? Si la cliente ne craquait pas, c'est que le monde ne tournait vraiment plus rond.

— Vous dites, Madame ? Votre belle-mère aime les livres et trouverait choquant d'en couper un en deux ? C'est son droit, je le respecte. Pour ma gouverne, qu'entendez-vous exactement par « *aime les livres* » ? Vous voulez dire les regarder ? Oui ? C'est inhabituel. Les toucher, également ? De plus en plus insolite. Les sentir ? Comment ça, les sentir ? Elle adore l'odeur d'un ouvrage neuf, le parfum de l'encre à peine sèche et de la reliure fraîchement collée ? C'est un phénomène, votre belle-mère !

Ça, c'est la meilleure, une cliente qui aime renifler les livres !

— Vous devriez contacter la télé, ils tourneraient un sujet formidable sur elle. Vous dites ?... Elle ne regarde pas la télévision ?! Mais… mais… comment fait-elle ? Pourquoi ? Qu'est-ce qui s'est passé ? Elle préfère lire ? Alors là, alors là, alors là, oui, c'est une originale, c'est sûr ! Vous savez que…

Elle tourna la tête, la cliente avait rejoint la caisse sans attendre qu'elle finisse sa phrase. Elle avait pris une magnifique histoire d'amour qu'elle-même adorait. Elle posa un billet sur le comptoir et sortit.

Ça, c'est la meilleure, une cliente qui choisit un livre toute seule !

À dix-neuf heures trente tapantes, Stefania baissa le rideau de sa librairie avec le sentiment du devoir accompli. C'était une bonne journée. Pour une fois, elle n'avait pas vendu que des produits sans rapport avec la lecture.

Elle n'en revenait pas que Lorène Petitbon, l'institutrice, ait acheté un livre. Et pas n'importe lequel puisqu'elle avait acquis *La Délicatesse*, le tendre roman de David Foenkinos, l'un des écrivains fétiches de Stefania. Sans doute Lorène avait-elle été séduite par l'exquise couverture de Soledad Bravi. Une femme seule assise dans la salle d'un café.

Pendant ce temps, à quelques centaines de mètres à peine, deux hommes marchaient dans un couloir.

Alex était une espèce d'immense machin qui donnait l'impression de n'avoir jamais arrêté de se développer. Combien mesurait-il ? Allez savoir. « Il est si grand », disait sa génitrice avec une fierté tout aussi élevée.

Le médecin de famille lui avait dit : « Alex ne poussera pas tout au long de sa vie, la croissance stoppe vers vingt ans. » Mais maman Alex était comme toutes les mères, persuadée que son fils irait plus loin — surtout plus haut — que les autres. Elle continua de le mesurer jusqu'à vingt-sept ans. Ensuite, malheureusement, il se maria. Avec regret, elle transmit la toise à sa belle-fille en lui recommandant de noter soigneusement l'évolution chaque trimestre.

Y songea-t-elle ? Rien n'est moins sûr avec les brus.

Bob s'appelait en fait Ludovic. Pourquoi avait-il hérité de ce sobriquet ? Peut-être parce qu'un jour, après une longue balade dans les chemins boueux de la forêt, ses copains le surprirent en train de nettoyer ses chaussures avec une éponge.

Bob, l'éponge, tel était le lien. Le surnom était resté.

22
CE BON VIEUX BOB

Bob et Alex travaillaient dans un groupe d'assurances. Ce n'était pas le plus excitant, ce n'était pas le plus ennuyeux non plus. Il suffisait de savoir tuer le temps. On rencontrait des collègues, on parcourait des bureaux sur plusieurs étages, on montait en ascenseur et on engageait des conversations, on écrasait son visage sur le photocopieur pour reproduire une grimace, on trainait près de la machine à café qui, ma foi, distribuait un jus pas trop mauvais pour cinquante centimes. Tarif privilégié.

Dans le couloir du service commercial, Alex venait de la droite, Bob de la gauche. Ils avançaient tous les deux face à face d'un pas décidé. Soit ils allaient se percuter, soit ils devaient se décaler. Aucune de ces options, ils stoppèrent l'un devant l'autre, ravis de se voir.

— Booob ! Bob Chailloux, sans déconner ! dit Alex.

— Aleeex ! Alex Thomas lui-même. Ça alors, si je m'attendais ! répondit Bob.

— C'est dingue de se croiser ici !

— On dit que la vie est tissée de hasards incroyables, le moins qu'on puisse dire, c'est que c'est vrai.

167

— Tu m'étonnes !

— Je sais, je suis étonnant !

C'est là l'un des grands privilèges de la conversation de bureau : parler sans rien avoir à se raconter. Alex et Bob ne faisaient pas exception à la règle et pourtant, Bob avait deux ans d'ancienneté de plus dans l'entreprise et, sans entrer dans des détails qui ne concernaient que lui, il touchait près d'une centaine d'euros net de plus par mois. Ce qui n'était pas négligeable, mais Bob avait la modestie de ne pas le faire sentir à son collègue.

— Ça fait combien de temps ? demanda Alex.

— Oh là ! Au moins… Attends, laisse-moi réfléchir… Vingt ?...

— Plus que ça…

— Vingt-cinq ?

— Beaucoup plus. Trente, dit Alex en regardant sa montre. Eh oui, exactement, voilà trente minutes que nous ne nous sommes pas vus.

— Tant que ça ? C'est fou comme le temps passe ! On est là, et hop, une heure plus tard, soixante minutes sont écoulées !

Bob a toujours été bon en calcul. Déjà à l'école. Sans doute était-ce l'une des raisons qui lui avait fait grimper les échelons un peu plus rapidement que la moyenne. Savoir vite chiffrer, est un atout dans les assurances, surtout pour négocier au plus bas le remboursement espéré par un sinistré.

— La dernière fois, c'était…

— Au service comptabilité, répondit Bob.

— Exactement. Belle mémoire ! Tu rentrais, je sortais, ou l'inverse, j'ai oublié.

— En tout cas, nous nous sommes croisés.

— Je m'en souviens comme si c'était hier.

— Et pourtant, c'était il y a trente minutes.

— Une demi-heure en quelque sorte.

Le temps est un sujet de conversation efficace pour remplir les minutes qu'on ne consacre pas au travail. Le temps qui file, le temps annoncé par la météo, le temps du passé, le temps que certains remontent et dont d'autres n'ont plus la notion, le temps contre lequel on court, celui que l'on conjugue, partiel ou complet, perdu ou recherché, le temps vole beaucoup de temps.

— Tu sais que tu n'as pas changé ? dit Bob avec sincérité.

— Toi non plus. Il y a une demi-heure, tu portais la même chemise, le même pantalon, la même coupe de cheveux. Le temps n'a aucune prise sur toi.

Le temps, encore et encore le temps.

— Toi, par contre, tu as une tache de café sur ton tee-shirt.

— Que veux-tu, on a beau faire et beau dire, difficile d'échapper au temps qui passe.

— C'est la vie.

— Je le répète toujours, mais en anglais : « that's life ! »

Alex connaissait les ressorts efficaces pour entretenir un dialogue. Reprendre et approuver les derniers mots de son interlocuteur en était un qui fonctionnait à coup sûr. « Je me suis acheté la nouvelle Mercedes, elle a de la gueule ! », « Ah oui, elle a de la gueule ! ». « J'ai mangé chez le petit Italien au coin de la rue, ce n'est pas dégueulasse… », « Ah oui, ce n'est pas dégueulasse… », « Ma femme me fait chier avec ses vacances chez sa mère », « Ah oui, ta femme te fait chier, avec ses vacances chez sa mère ». Infaillible.

— Qu'est-ce que tu fabriques à cet étage ? interrogea Bob.

— J'allais au service expédition, comme tous les jours à la même heure. Tu passes souvent dans ce couloir ?

— Non, non, très rarement, la dernière fois c'était… pfff… il y a bien trois semaines…

— Attends que je réfléchisse… il y a trois semaines… ah oui, ça y est, j'étais en déplacement dans notre filiale de Montpellier, tu ne pouvais pas me croiser.

— Et pourtant, je ne vais jamais à Montpellier.

— Tu as tort, c'est une belle ville. Avec des rues, des trottoirs, des commerces, c'est très original.

Tandis qu'ils parlaient, Jeanine, la secrétaire du grand patron arriva avec un plateau sur lequel elle tentait de maintenir en équilibre deux gobelets de café fumant remplis à ras bord. Bob s'écarta pour lui laisser le passage. Alex ne la quitta pas des yeux, comme subjugué.

Jeanine était une très belle femme qui savait mettre ses atouts en valeur. Alex esquissa un geste vers elle, puis se ravisa, non, ce ne serait pas raisonnable de lui voler un café. Pourtant, il en avait très envie.

— En revanche, je me rends régulièrement à Strasbourg chez ma sœur, continua Bob qui n'avait pas remarqué l'intérêt d'Alex pour le breuvage.

— Je ne connais pas.

— Ma sœur ou Strasbourg ?

— Ta sœur de Strasbourg. C'est bien ?

— Strasbourg, c'est très bien. Il y a des rues, des trottoirs, des commerces, c'est très pittoresque. Ma frangine, quant à elle, n'a que des bras, des jambes et des oreilles, c'est moins original.

— Il faudra que j'aille visiter, un de ces quatre, dit négligemment Alex dont l'esprit voguait encore vers le café.

— Une visite de ses oreilles ? Préviens-moi, j'en profiterai pour aller à Montpellier.

Un instant de silence s'installa entre les deux hommes. Alex tourna la tête vers l'extrémité du couloir. Les boissons étaient loin, il ne restait que leur parfum qui flottait dans l'air. Bob regarda ses chaussures. Il remarqua une petite trace blanche au bout de son pied droit. Il détestait ça. Il devait trouver une éponge pour nettoyer. Il aurait dû interroger Jeanine, elle savait probablement où en dénicher une.

— Je n'en reviens pas de te rencontrer ici, dit Alex, ravi de réussir à relancer la conversation.

— Pareil, répondit Bob, soulagé de ne plus être concentré sur la tache qui souillait sa chaussure. On me l'aurait annoncé ce matin, je ne l'aurais pas cru.

— Quand je vais raconter ça à ma femme !

— Ah, tu es marié ?

— Marié, trois enfants : un garçon, une fille et un troisième ! Et toi ?

— Moi aussi marié… Depuis… eh bien, c'est simple, depuis que je ne suis plus célibataire.

À défaut d'éponge, Bob se dit qu'il pourrait nettoyer sa chaussure avec du papier toilette. Légèrement mouillé, ça devrait faire l'affaire s'il faisait attention à ne pas laisser de peluche. Ça lui était arrivé une fois, il n'avait pas remarqué ; c'est Colin son collègue, qui lui avait signalé les morceaux de cellulose rose sur ses mocassins marron. Du rose sur du marron, quelle faute de goût !

— Tu as des enfants ?

— Deux. Un garçon et un garçon. Ça change.

— On devrait organiser un dîner avec nos petites familles. Nos femmes feraient connaissance, ça serait chouette. Je suis sûr qu'elles s'entendraient à merveille.

Bob hésita un quart de seconde. Manger chez un collègue, certes sympathique, mais dont le salaire est inférieur au sien (près de cent euros net par mois, ce n'est pas rien), pouvait créer une gêne, si l'autre se rendait compte de la différence de train de vie. Par courtoisie, par audace aussi, avouons-le, il accepta l'invitation.

— Tu préfères dîner un soir ou un matin ?

— Pour les dîners, je suis plutôt du midi. Mais je peux changer, exceptionnellement. On se voit chez toi ou chez moi ?

— Chez moi, si tu veux, il me reste une botte de radis.

— J'apporterai le sel.

— Non, non, tu es notre invité.

Il ne manquerait plus que ça, un convive qui fournit son propre sel ! pensa Bob.

Il hésita à le remettre à sa place, lui rappeler qu'il gagnait cent euros (enfin presque, mais net) de plus que lui. Il pouvait acheter une boîte de cinq cents grammes de sel chaque mois s'il en avait envie. *Passons,* se dit-il, *oublions cet incident et reprenons le cours de l'invitation :*

— Tu es libre quand ?

— Tous les soirs, sauf ceux où je suis absent, répondit Alex du tic au tac.

— Ah mince, ça ne m'arrange pas.

— On peut se voir ce soir, si tu veux, je ne suis pas là. Je me suis inscrit à un nouveau club.

— Moi pareil. Le Club des Pouilles, pour découvrir.

— Eh bien, c'est parfait ! C'est vraiment incroyable. Promis, on n'attend pas trente minutes cette fois, hein ?

— Je te donne mon numéro et tu m'appelles dès que tu es libre, dit Bob.

Il lui tendit sa carte de visite sur laquelle la mention « responsable adjoint » était écrite en italiques et en gras sous son nom. Alex y jeta un œil. Bien qu'apparemment indifférent, Bob sentit percer une pointe d'admiration qu'Alex n'exprima pas pour laisser paraître sa jalousie face à son collègue.

— Tu peux compter sur moi ! À bientôt !

Alex s'éloigna d'un pas rêveur, le nez en l'air, comme encore alléché par l'odeur du café. Il prit son téléphone, un Samsonium X24 à double objectif.

Bob partit dans la direction opposée en quête d'une éponge ou, à défaut, d'un rouleau de papier toilette. Il sortit son Samsonium X24S à triple objectif.

— Chérie ? dirent les deux hommes au même instant. Je vais te raconter un truc in-cro-ya-ble, tu ne vas pas me croire : j'ai retrouvé les clés du garage que je cherchais depuis une semaine !

Sympa, ce Bob, pensa Alex, *mais il n'a pas pu s'empêcher d'exhiber son Samsonium X24S à triple objectif. Il gagne plus que moi, et alors ? Moi aussi je pourrais toucher plus si on me payait toutes mes heures. Je ne ménage ni mon temps ni mon énergie. Pourquoi ? Une misère.*

Alex regarda d'un air contrarié son téléphone à double objectif. Ses photos seraient-elles mieux cadrées avec un troisième ? Sa femme lui répétait constamment : pourquoi tu coupes les têtes ou les pieds ? Désormais, il répondra : parce que je n'ai pas le X24S.

Dans l'ascenseur, il se retrouva en compagnie de Jeanine.

Elle, si je la photographiais, je ne couperais ni sa tête ni ses jambes.

Poussé par le désir de changer de téléphone, il osa demander :

— Jeanine, vous pourriez m'obtenir un nouveau rendez-vous avec le directeur ?

— Encore ?

— Je voudrais lui reparler de mon augmentation, vous comprenez...

Elle le trouvait touchant ce grand bonhomme. Au troisième étage, elle lui dit :

— Je vais voir si c'est envisageable la semaine prochaine...

Une seconde plus tard, elle s'était évaporée. Obtiendra-t-elle le rendez-vous ? Si la réponse est positive, il jouera au Loto, on ne sait jamais.

En attendant, il ramassa ses affaires sur son bureau, enfila sa veste et salua ses collègues avant de partir d'un pas alerte.

Il était impatient de rejoindre la salle municipale, et de découvrir ce Club des Pouilles, auquel il s'était inscrit. Une nouvelle association fondée par un couple nommé Paula et Paul (quelle délicieuse union de prénoms), dont la thématique le réjouissait par avance. Il avait hâte de faire connaissance avec les premiers membres. La soirée promettait d'être fameuse...

23

ENGUEULADE, FROMAGE
ET DESSERT

Elle se nommait Paula, lui, Paul. C'était une de ces coïncidences incroyables qui confirmait que l'imprévu dirigeait une part de notre vie. Ce soir, ils recevaient les premiers inscrits à l'association qu'ils avaient créée il y a moins d'un mois et qui comptait déjà vingt-cinq membres, eux compris : Le Club des Pouilles.

Quelle était la probabilité que ce groupe connaisse un si rapide succès ? Dix pour cent, disait Madame. Beaucoup moins, répondait son mari en se promettant de calculer précisément dès qu'il disposerait d'un instant de libre. Une évaluation qui intégrerait les paramètres géographiques, professionnels et familiaux, pondérés par un indice de valeur selon leur pourcentage d'influence sur les phénomènes aléatoires reliés à la vie de chacun.

— Je verrai ça demain, dit Paul à voix haute, comme si Paula lui avait posé une question.

Ce n'était pas le moment de se lancer dans une longue discussion qui aboutirait à quoi, en fin de compte ? À une réponse dont personne ne pouvait avoir la certitude qu'elle fut juste. Oublions.

Ils devaient régler mille petits détails avant l'arrivée de tous. Paula et Paul apportaient un soin méticuleux à ce que tout fut parfait. Pas de fausses notes, pas de maladresses, pas d'étourderies qui gâcheraient la réussite de la soirée.

— Tu as acheté quel vin ? demanda Paul.

— C'est Clara, la caviste, qui m'a conseillée, je lui fais confiance, dit Paula.

— Tu as raison.

— Douze bouteilles, ce sera suffisant ?

— Il vaut mieux trop que pas assez.

De questions en réponses, de problèmes en solutions, les complications se dissipèrent dans l'effervescence de la préparation.

— Je mets la nappe bleue ? demanda Paul.

— Non, la mauve, plutôt.

— C'est parti pour la mauve !

Choix des assiettes, lustrage des verres, installation des chaises, tout fut réglé au fur et à mesure. Disposer vingt-cinq personnes n'est pas simple et requiert beaucoup de psychologie.

— Nous connaissons très peu ces gens, dit Paula, comment ne pas faire d'impairs dans le plan de table ?

— Laissons le hasard nous guider. Je propose de placer Charles Buzart entre Véronique Bourdal et Alicia Sulpice.

— D'accord ! Moi, je serai entre Vincent Cassel et... voyons voir...

— Dupont-Régnier ?

— Ah non, pas lui, s'il te plaît. Il semble très complexé par sa taille, il va chercher à me prouver toute la soirée qu'il n'est pas si petit que ça. Je vais placer Manu Routier à côté de moi. Il paraît que son épouse lui a annoncé qu'elle est un tabouret, je ne risque pas de m'ennuyer.

— N'oublie pas que nous sommes onze femmes et quatorze hommes, ce sera impossible de respecter l'alternance.

— Dommage que... comment elle s'appelle celle qui s'est fait écraser ?

— Christine.

— C'est ça. On aurait eu une nana de plus.

Le choix du menu était également pris très au sérieux. Ils avaient opté pour des petits cannelés au foie gras en entrée, des papillotes de saumon au curry et au gingembre servies sur une julienne de légumes en plat et un tiramisu aux cerises amarena en dessert.

Tels des ouvriers qui admirent un chantier achevé, ils jetèrent un dernier coup d'œil d'ensemble, les mains sur les hanches. Quand on soigne les détails, la soirée ne peut être que réussie.

— Prêt, mon chéri ? demanda Paula.

— Prêt à taux zéro ! répondit Paul dont l'humour volait parfois au ras des pâquerettes.

Ce fut la sonnette de la porte qui lança le départ.

Vincent Cassel est en tête, suivi par Pierre Dujardin, le chauffeur de taxi et Clara, la caviste qui sont dans ses roues. À quelques secondes, un peloton serré dans lequel Bob, Alex, Alicia, le docteur Leblond, Carmen et Rose se disputent le sprint. Gros travail de la formation dans la dernière ligne droite. Belle empoignade ensuite entre Audrey, Dupont-Régnier et Lorène qui précèdent une autre équipe composée de Charles, Véronique et Massimo. Ils tentent de faire la différence, mais Jeanine monte à bloc tandis que Léopold avance à son rythme et qu'Igor pédale en danseuse à moins de vingt mètres de l'arrivée.

En queue, le groupe est en train de casser avec un gros coup de force de Nicolas dont le travail est impressionnant. Ça va glisser en haut, Philippe est mal placé, il va essayer de boucher le trou. En tête, ça attaque avec Manu et Aurélie qui partent seuls, ce sont de vrais sprinters. Mais il y a une rupture maintenant avec Stefania dans sa roue, le peloton a complètement explosé. Pierre qui est pourtant un gros rouleur est quasiment au ralenti, en train de récupérer. Ça a été trop dur pour lui, trop vite aussi, alors qu'il était très bien placé, mais c'est impossible de remonter, c'est gagné pour le comédien qui remporte le maillot jaune !

— Parfait, la soirée tant attendue va pouvoir commencer.

— Enfin !

— Pauvre tache ! hurle Paul

— Je suis peut-être une tache, mais je gagne trois fois plus que toi ! répond Nicolas.

— Menteur ! crie Rose.

— Je t'interdis de traiter mon mari de menteur ! dit Alicia.

— Elle a raison, c'est un mytho, ton mec ! dit Leblond. Va te faire soigner !

— Sûrement pas par toi, charlatan ! balance Alicia.

Paula observe le petit haut mauve de Carmen et se demande où elle l'a acheté. Elle le trouve absolument ravissant, avec sa cascade de boutons ocre, et rêve de posséder le même. Mais elle se ravise dans la seconde, non, elle ne va pas porter le même top. Elle pivote d'un mouvement brusque vers Vincent pour lui cracher « Raté ! Raté ! Raté ! » à la figure.

— Ça suffit ! hurle le Cassel d'occasion. Tu crois que je vais laisser une traînée dans ton genre m'engueuler ? Pauvre cruche !

— Tu n'as que ça comme insulte dans ta cervelle de fossile ? rigole Aurélie. Butor ! Gougnafier ! Paltoquet ! Tu arrives tout droit du Moyen Âge, mon pote !

Paul adresse un clin d'œil à Paula. Ils sont mariés pour le meilleur et pour le pire, c'est l'occasion d'être unis face à l'adversité. Sus ensemble contre l'ennemi. Halte main dans la main contre les tyrans.

— Vous êtes tous des minables, des médiocres, des paumés ! dit-il avec jubilation.

— Merci, merci beaucoup ! se défend Stefania. Être traîtée de minable par un bas de plafond dans ton genre, c'est un compliment ! Et ta femme, je n'en parle même pas, tu devrais la louer au musée des Horreurs, ça te ferait gagner quelques petits sous.

— Impossible, c'est complet, toute ta famille y est enfermée, rétorque Audrey. Tu t'es vue, toi ? T'es moche, t'es bête et tu pues !

— Ah non, c'est Igor qui empeste ! lance Carmen. Pas vrai, Rose ?

— Ah oui, il schlingue ! Depuis que je suis arrivée, je suis en apnée ! répond sa copine.

— Moi je sens mauvais ! s'insurge Igor. Eh ben toi, n'ouvre pas la bouche, tes expirations me donnent la nausée, ton haleine fétide me file la gerbe.

Rose n'en revient pas, elle est soufflée, elle a des difficultés à retrouver sa respiration, mais pas question que ça se remarque. Ce serait le comble qu'il jouisse de son effet. Durant ce court instant de pause, Lorène relance les hostilités :

— Oublie, dit-elle, on va lui faire ravaler ses insultes, il va regretter d'être né, monsieur zéro neurone.

— Ouais, on ne va pas se laisser faire par ce trouduc ! dit Léopold.

— Viens, dit Igor, viens, viens, on va rire !

— Amène quelques copains, crie Charles, parce que tout seul dans ton caleçon, tu ne vas pas faire long feu !

— Écoute-le, ce Rambo d'opérette, dit Massimo, tu crois que tu nous fais peur avec tes petits poings ? Arrête de gesticuler, je n'aime pas les marionnettes !

D'ordinaire, Alex est d'un naturel plutôt calme, une sorte de nounours que rien ne semble pouvoir exaspérer. Même quand il est coincé dans les embouteillages, même quand un de ses doigts de pied cogne un meuble, même quand il renverse son café sur ce satané rapport sur lequel il a bossé toute la nuit. Mais là, il sent les tours grimper en lui, il sent son énervement monter en mayonnaise, il sent que le bouquet final du feu d'artifice va exploser.

— Retenez-moi, retenez-moi ! Le sang va gicler partout et je n'ai pas le temps de repeindre !

— Casse-lui la gueule, mon pote, je m'occupe de la pétasse ! dit Bob.

— C'est moi que tu traites de pétasse ? dit Véronique en balançant une assiette qui atterrit contre le mur du salon.

Dupont-Régnier jette un rapide regard circulaire et lui répond avec un rictus qui ferait frémir un commando para.

— Tu en vois une autre ici ? Moi pas ! Ah si, dans le miroir, là-bas, admire la grosse vieille pétasse décrépie qui schlingue !

Ça y est, se dit Paul, c'est parti pour le festival des insultes. À partir de maintenant, les noms d'oiseaux vont voler comme des scuds. Qui rabaissera l'autre le plus bas ?

— Pouffiasse purulente !

— Chaude-pisse !

— Ringard du nord !

— Poutine émasculé !

— Sac à étrons !

— Tête d'endive !

— Sonnette d'alarme !

— Élevage d'hémorroïdes !

— Chiasse de caca fondu !

— Vieille raclure, toi tu es, je conspue ta sale gueule Résidu de bidet, je te chie, je t'immole !

Toute l'assistance se tourne vers Nicolas. Une stupéfaction en douze pieds traverse la pièce, puis l'empoignade des blasphèmes reprend de plus belle.

— Dégénéré chromosomique !

— Résidu de fausse couche sale !

— Crachat glaireux !

— Ratatiné du poireau !

— Spermatozoïde impuissant !

— Bachibouzouk ! Ectoplasme ! Moule à gaufres !

— Évadé fiscal !

— Dommage collatéral !

— Sac à merde !

Paul interrompt les échanges en levant la main. Tous s'arrêtent instantanément et restent suspendus à ses lèvres.

— Stop ! On l'a déjà dit !

— Non, je ne crois pas, dit Paula.

— Si, dit Clara, Philippe a crié « sac à étrons », c'est la même chose que « sac à merde ».

— Ah oui, zut ! dit Pierre.

— Tu n'as rien d'autre à proposer ?

— Ben non, j'ai perdu mon élan, je n'ai plus d'idées.

179

— Ce n'est pas grave, dit Paul. C'était bien quand même. Quelqu'un a soif ?

Il remplit les verres de ce délicieux vin de Saint-Émilion en adressant un clin d'œil à Clara pour la remercier de son judicieux conseil.

— C'était une chouette soirée, dit le docteur.

— Ça a eu du mal à démarrer, reconnaît Paula, on patinait un peu au début, mais après, quel feu d'artifice !

— C'était bien, mais je n'étais pas au top, dit Véronique, le petit est malade, je craignais que la baby-sitter n'appelle.

— J'avais passé une journée de merde, dit Dupont-Régnier, ça m'a filé la hargne. Vous avez aimé mon « Ratatiné du poireau » ?

— Moi, j'ai adoré « Gougnafier » et « Paltoquet » dit Igor. Je ne connaissais pas ces vieilles insultes.

— Je les ai lues sur Internet hier, dit Lorène. Je me doutais qu'elles produiraient leur petit effet. Je les avais notées afin de ne pas les oublier !

Elle montre une fiche qu'elle conservait précieusement dans la poche de son gilet.

— Oh l'autre, elle cache des antisèches, dit Massimo.

— Et Poutine émasculé, dit Charles, tu m'as scié avec cette trouvaille. J'ai manqué de répartie, j'aurais dû te traiter de Donald Trump impuissant !

— Si tu l'avais noté sur un bout de papier, tu ne l'aurais pas oublié ! dit Alicia.

— Encore mieux : chiure de Donald Trump impuissant ! ajoute Léopold.

— Sérieux, ce n'est pas vrai que j'ai une mauvaise haleine ? s'inquiète Igor.

— Mais non, mais non ! ment Carmen.

— Tes insultes du Capitaine Haddock, j'adore, dit Bob. Tu as relu tous les Tintin ?

Dans le tohu-bohu des rires et des évocations, Stefania se lève, aussitôt imitée par quelques autres.

— Ce n'est pas le tout, mais il est tard, je travaille demain.

180

Chacun chacune se fait la bise.

— On remet ça le mois prochain ? demande Aurélie.

— Oh que oui ! dit Paula.

Sur le pas de la porte, on se salue d'un geste, d'un sourire, d'un regard, ravis de la soirée, impatient de se retrouver.

— Au revoir, les abrutis !

— Bonne nuit, les gros nazes !

— On a passé un super moment avec vous les dégénérés !

— VIVE LE CLUB DES POUILLES !

24
À TOI DE BOSSER !

Paul débarrassait la table tandis que Paula plaçait assiettes et couverts sales dans le lave-vaisselle. Ils échangèrent un clin d'œil de connivence. En toute modestie, ils étaient satisfaits de leur soirée.

— C'était chouette, n'est-ce pas ? dit Paula.

— Une réussite parfaite, ma chérie, lui répondit son complice. Quelle bonne idée tu as eue de créer ce Club des Pouilles. Massimo m'a dit que c'était le nom d'une région d'Italie.

— Je sais, mais notre club n'a rien à voir. Je te rappelle que c'est un mot qui vient de pouilleux, une insulte plus trop utilisée de nos jours.

— Tu me l'as expliqué. Tu crois que nous recevrons davantage d'adhérents, la prochaine fois ?

— Évidemment ! Les gens ont besoin de se défouler, d'évacuer le stress. Un jour, nous serons cent, mille, un million peut-être.

— On ne pourra jamais mettre tout ce monde dans le salon !

Ils se prirent dans les bras l'un l'autre. Est-ce Paul qui enlaçait Paula ou Paula qui embrassait Paul ? Difficile à dire, ils ne formaient plus qu'un.

— On va se coucher ? Je suis fatiguée.

— Moi aussi, é-pui-sé.

Ils avancèrent d'un pas, je les stoppais :

— Hop hop hop, tous les deux ! Vous n'allez pas laisser tout ce foutoir dans mon livre ? Les bouteilles vides, les chaises en vrac, les cendriers pleins... un petit coup de propre, c'est trop demander ?

Sur le devant de la porte de la chambre, Paul et Paula se tournèrent vers moi, les mains sur les hanches, déterminés.

— Je te signale, monsieur l'auteur, dit Paul, que sans nous, tu n'écrirais pas d'histoire.

— Parfaitement, enchaîna Paula, sans les personnages, toutes les pages de ton livre seraient blanches. Merci, monsieur l'auteur, ce fut une belle aventure, avec du sentiment, du rire, de la musique, des surprises, de l'humour, tu nous as gâtés. Mais maintenant, à toi de bosser, nous on a assez donné !

Ils n'avaient pas tort. Que serait ce bouquin sans Paul, Paula, Igor, Dupont-Régnier, Alicia et tous les autres.

— OK, je capitule. Vous êtes formidables, allez vous coucher.

Ils entrèrent dans la chambre et s'allongèrent sur le lit, se blottissant l'un contre l'une, légers comme une plume d'oie sur une feuille de papier vélin. Leurs yeux se fermèrent, marquant la fin du chapitre, la fin de l'histoire. Je les regardai d'un air attendri et, de peur qu'ils n'attrapent froid, je rabattis la couverture du livre sur eux.

FIN

Découpez ou photocopiez cette image et affichez-là sur votre poste de travail, votre patron ne vous embêtera plus.

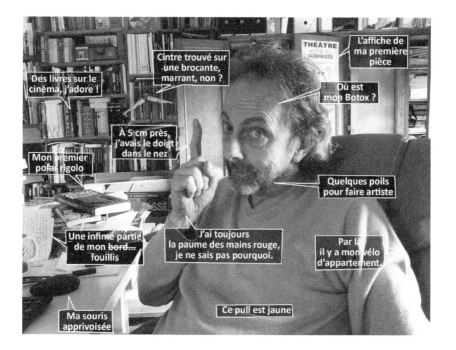

SUIVEZ MON ACTU !

▶ www.facebook.com/jackygoupil aime raconter des histoires

▶ instagram.com/goupiljacky

▶ https://www.youtube.com/@goupilaimeraconterdeshistoires

▶ jackygoupil.wixsite.com/jackygoupil

Si vous avez aimé cette histoire merci d'en parler et de mettre une (bonne) note sur les sites de lecture.

MERCI BEAUCOUP !

REMERCIEMENTS

Christophe Colomb était-il seul pour découvrir l'Amérique ? Non !

Neil Amstrong a-t-il mis un pied sur la lune sans l'aide de quiconque ? Non !

Ali serait-il baba sans les quarante voleurs ? Que nenni !

C'est idem pour le livre que vous tenez entre les mains (ou qui défile sur votre tablette) : je ne l'ai pas réalisé en solitaire, mais avec des personnes dont le soutien m'est aussi indispensable que l'eau pour faire pousser les radis, le vent pour pousser les voiliers et les biceps pour pousser mémère dans les orties.

C'est pourquoi je lance un phénoménal merci :

À **Stéphanie Pomeau** pour ses bêta-lectures permanentes et ses remarques pertinentes et judicieuses.

À **Sophie Dujardin** et **Xavier Colomiès, dit Zazack**, pour leurs impitoyables relectures orthographiques et grammaticales. S'il reste des fautes, écrivez-moi, je vous communiquerai les adresses pour leur envoyer un colis piégé.

À **Jack Domon** pour ses toujours précieux conseils graphiques, même si parfois je n'en fais qu'à ma tête.

À **Sarah Richert Art**, que je ne connais ni d'Ève ni dedans, pour sa photo de réveil que j'ai un petit peu beaucoup trafiquée mais qui est néanmoins parfaite.

À **Sylvie** qui m'a fait changer, sans le faire exprès, l'ordre des textes en dernière minute. Ça a été un peu compliqué, mais je ne regrette pas.

Et enfin, un colossal merci à celles et ceux qui ont inlassablement répondu à mes questions aussi diverses qu'avariées, en ce qui concerne les textes, la couverture, la présentation ou les croquettes pour mon chien (salut Booba !) : **Agnès Gruhier, Anne Raban, Aurélia Bouclet, Aurélie Sichel, Bruno Vannel, Carole Séguier, Christine de Limay, Corinne, Corinne Dame Couette, Cyrielle Purplerain, Demi monde, Dominique I., Emmanuelle G., Floriano Contri, Io Antique, Isabelle Bourdel, Le Glode d'Allevard, Lolita Dubuisson, Louise Victoire, Luc, Marc Adato, Marianne Gooris, Marie-Ange Goiffon, Martine, Maryline B., Michel Grange, Nadine Doyelle, Nathalie Millet, Nathaniel Valière, Nico de Lunas, Philippe A., Raphaël Brigand, Roxane D., Sophie Dujardin, Sophie Galerne Deglane, Sophie Ricci, Stef Russeil, Stéphanette, Tonton Michel,** c'est grâce à cette joyeuse bande (moi je n'ai rien foutu) que *Le contraire de l'inverse* est tout ce qu'il est sans être différent de l'opposition divergente réciproque et vice verso recto. Que le grand manitou de l'écriture vous caresse dans le sens du poil !

SI VOUS AIMEZ LES LIVRES ET LA LECTURE

Je vous recommande ces blogs, pages, sites… à suivre de près :

Aurélia Bouclet
https://www.facebook.com/LectriceForEver

Co et ses livres
https://www.instagram.com/coetseslivres/

Cyrielle Purplerain
https://www.instagram.com/cyrielle.purplerain/

Le monde de Dame Couette (Corinne Guyot)
https://www.facebook.com/damecouette/

Nath-a-lu
https://www.facebook.com/chroniquesnathalu

Io Antique
https://www.instagram.com/ioantique/

Ql livres
https://www.instagram.com/ql_livres/

Serial Lecteur
https://www.instagram.com/serial__lecteur/

SOMMAIRE

Sommaire (ne cherchez plus, il est ici, ha ha !)

Nous sommes au XXIe siècle après que Jésus crie dans le désert. Toute la littérature est occupée. Toute ? Non ! Un Goupil résiste encore et toujours à l'envahisseur. Et la vie n'est pas facile pour les garnisons d'auteurs des maisons d'édition de Hachettum, Gallimarum et Grassettum qui doivent se défendre face à des feel good polars qui dérident le grand zygomatique.

Sacrées mémés - Enquête numéro 00
L'ahurissante rencontre du commissaire Goupil et de Gédéon. Une histoire de poubelles dégradées se transforme en massacre à la sulfateuse.
Un duo de bras cassés affronte des mamys qui n'ont pas froid aux charentaises, avec arthrose funeste et matraquage à coups de mamelles.

20 000 balles pour mourir - Enquête 01
Habituellement, un tueur tue ou torture, d'accord. Mais un assassin qui met des biftons dans les poches de ses victimes, c'est chelou, pas vrai ? Lâchez les chiens !
Goupil et Gédéon foncent dans le tas pour dénouer cette affaire qui renifle le pourri, ils adorent.

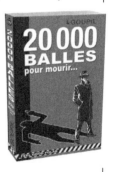

Arrête ton cinoche ! - Enquête 02
Comment ?! Un maitre chanteur veut empêcher la plus star des actrices de tourner son prochain film ?
Nom d'un cassoulet glacé ! Il ne sera pas dit que l'intrépide Goupil et le dévastateur Gédéon resteront les deux panards dans le même cageot.
Sus à l'ennemi ! Gare au sang écarlate sur le tapis rouge. Remonte tes bretelles et tes chaussettes à clous, mon Lapinou, ça va secouer dans le septième art.